Parker

Das Syndikat

DARWYN COOKE

Parker
Das Syndikat

Nach dem Roman
Parker – The Outfit
von Richard Stark

Übersetzung aus dem
Amerikanischen
von Stephanie Grimm

MIX
Papier aus verantwortungsvollen Quellen
FSC® C006701

Titel in der Regel auch als E-Book erhältlich.

Eichborn Verlag in der Bastei Lübbe AG

Titel der amerikanischen Originalausgabe:
„Richard Stark's Parker – The Outfit"

Textredaktion: Ruggero Leò
Umschlaggestaltung: Massimo Peter unter Verwendung eines Entwurfs von Darwyn Cooke
Einband-/Umschlagmotiv: © 2010 by Darwyn Cooke
Lettering: Michael Möller, Comicpix.de
Druck und Einband: CPI – Ebner & Spiegel, Ulm

Printed in Germany
ISBN 978-3-8479-0562-2

5 4 3 2 1

Sie finden uns im Internet unter www.eichborn.de
Bitte beachten Sie auch www.luebbe.de

RICHARD STARK'S PARKER: Das

Syndikat

MIAMI BE

ACH 1963

BUCH EINS

Als die Frau schrie,
wachte Parker auf und rollte sich vom Bett.

SPANG
FUP
POK

KRAK
SMACK!
GUH...

CHUCK?
WAS IST LOS? WER IST DAS?
Sie hieß Bett Harrow und war schon immer reich gewesen. Ihre Probleme waren eher Luxusprobleme. Soviel wusste Parker über sie. Das, und dass sie im Bett ein raubtierhaftes Verlangen nach Brutalität zeigte. Ihr Ausdruck überraschte ihn. Nicht ängstlich oder verwundert. Eher atemlos. Erwartungsvoll.
Dann eben die Wahrheit. Aber davon so wenig wie möglich.
ICH HEISSE NICHT CHUCK WILLIS. FÜR MEINE JOBS BENUTZE ICH SOGAR NOCH 'NEN ANDEREN NAMEN. KLAR? ÜBER MEINE ARBEIT WILLST DU NICHTS WISSEN.
WIE?
DU - DU HEISST NICHT CHUCK WILLIS?
HIER UND JETZT SCHON.
WENN ICH NICHT ARBEITE, BIN ICH CHARLES WILLIS. HIER IN MIAMI, IN VEGAS ODER AN DER KÜSTE.
UND WENN DU ARBEITEST?
WILLST DU NICHT WISSEN.

ABER DER DA -
... IST AUS DEINEM ANDEREN LEBEN?
glack
GENAU. ICH KENNE IHN ABER NICHT.
OH. DU MEINST, ER WURDE AUF DICH ANGESETZT?
GENAU.
UND DU WILLST IHN NICHT DER POLIZEI ÜBERGEBEN?
EXAKT.
ALLES KLAR.
FÜRS ERSTE.

WAS MACHEN WIR MIT IHM?
WIR REDEN MIT IHM.
KOMM SCHON - DU BIST WACH.
DU ... DU KANNST MICH NICHT AN DIE BULLEN AUSLIEFERN. UND AUCH NICHT TÖTEN.
WEIL DU DANN 'NE LEICHE HAST ... DIE LADY WÄRE 'NE ZEUGIN. UND WENN DU SIE - hust - UMLEGST, HAST DU DIE BULLEN AN DEN HACKEN.
DU KANNST MIR VERTRAUEN, CHUCK.
ZWEI NAMEN: DEN DEINES KONTAKTMANNS. UND DEN DES KERLS, DER MICH VERRATEN HAT.
NEIN.
WER IST DEIN KONTAKTMANN IN NEW YORK? DU KOMMST AUS NEW YORK, STIMMT'S?
Pffft... VERGISS ES.

ICH MUSS DIE NAMEN AUS IHM RAUSQUETSCHEN. DIESE ARBEIT MAG ICH NICHT. WILLST DU'S VERSUCHEN?
ICH FESSEL UND KNEBEL IHN. DAMIT ER NICHT SCHREIT.
JA.
SOWAS HAB ICH NOCH NIE GEMACHT. WÜRD'S GERN PROBIEREN.
SAG IHM, ER SOLL SEINE HOSE AUSZIEHEN.
STERN.
SO HEISS ICH. CLINT STERN.
DAS HAT KEINEN SPASS GEMACHT.
FÜR WEN ARBEITEST DU?
JIM ST. CLAIR.
DER ALTE JIM ... HAT 'N CLUB IN BROOKLYN AM KING'S HIGHWAY, BEI UTICA - *hust* -
DER LADEN HEISST THE THREE KINGS.
ER IST ÜBEL DRAN, CHUCK. HAT WOHL 'NE HIRNERSCHÜTTERUNG.
SEI STILL.
DIR GEHT'S GUT, CLINT. ALSO, WER HAT MICH VERRATEN?
EIN TYP VON HIER, BU-BUCHMACHER - : *schlargh* : H-HEISST SKIM LASKER.
Skim Lasker? Das war unmöglich.
WO IST ER?
FFFLORAL COURT AUF RAMPON - ZIMMER ZWÖLF. SOLL IHN ANRUFEN.
ER SPIELT PO-POKER.
LOS, CLINT. STEH AUF.

RUF AN UND SAG, ICH SEI TOT. KEINE MÄTZCHEN, KLAR?
LOS, CLINT. KONZENTRIER DICH.
J-JA ...
... BIN IRGENDWIE DANEBEN ...
JA, LASKER? :hust:
JOB ERLEDIGT.
HÖR GUT ZU, CLINT. DU MUSST WEG VON HIER. KLAR? DIE NEW YORKER WISSEN BALD, DASS ICH NOCH LEBE. DANN JAGEN SIE DICH.
IS-KLAR.
RAUS AUS DER STADT. SOFORT. VERSTANDEN?
KLAR.
WHUMP!
SCHEISSE.
WARTE HIER. BIN GLEICH ZURÜCK.
Parker schleppte Clint zur Treppe. Der sah von Sekunde zu Sekunde schlimmer aus. Es war Parker egal, ob er lebte oder starb – solange es nicht auf seiner Hoteletage passierte.
Als die Tür zum Notausgang schloss, hörte er Clint die Treppe runterfallen. Zurück im Zimmer stellte er fest, dass Bett mit seiner Waffe abgehauen war. Er wusste nicht, was sie im Schilde führte. Aber das musste warten.
Parker hatte im Floral Court Motel was zu erledigen.

SECHZEHN MONATE ZUVOR
ENTSPANNEN SIE SICH ERST MAL.
OKAY, GUT.
SEHR GUT. FANGEN WIR AN, JA?
DIE SIND SEHR SCHARF. VERMEIDEN SIE BITTE ABRUPTE BEWEGUNGEN.

SCHNIPP!
SCHNIPP!
SCHNIPP!
SCHNIPP!
SO, NICHT BEWEGEN. ICH HOLE DEN SPIEGEL.

Als der Verband runterkam, erblickte Parker im Spiegel einen Fremden.
WANN KANN ICH GEHEN?

SOBALD SIE SOWEIT SIND.
ICH HABE EINEN BRIEF FÜR SIE IM BÜRO.
VON JOE SHEER?
ICH GLAUBE SCHON. KOMMEN SIE IN MEIN BÜRO, WENN SIE SOWEIT SIND.
Parker hatte die Klinik mit einem Gesicht betreten, in das das New Yorker Syndikat eine Kugel jagen wollte. Heraus kam er mit einem Gesicht, das keiner kannte.
Es war gute Arbeit. Vorab bezahlt, wie es sich gehörte. Das Gesicht kostete ihn fast achtzehntausend – was ihm neuntausend ließ, um über die Runden zu kommen, bis sich was auftat.
Er brauchte einen Coup. Vor einer Weile hatte er Joe Sheer geschrieben, um herauszufinden, was anstand.

EINER VON PARKERS VIELEN DECKNAMEN, FÜR COUPS UND BANK-BETRUGSGESCHICHTEN.
ÜBERFALL AUF EINEN PANZERWAGEN MIT DREI WACHMÄNNERN, AUSSERHALB DER STADT.
PARKERS BEUTEANTEIL.
Mr. Anson
Meinen Informationen nach sind Sie
an einer sich schnell entwickelnden
Investition mit Dreifachabsicherung
interessiert, mit garantiertem Gewinn
n Vierzig- bis Fünfzigtausend in
ürzester Zeit.
as Volumen ist selbstverständlich
mobil. Der Ablauf wurde zweifels-
ohne sorgfältig geplant, um künftige
Gewinne zu gewährleisten. Falls Sie
Interesse haben, setzen Sie sich bald-
möglichst mit Mr. Lasker in Cincinnati in
Verbindung. Er ist im Warwick zu erreichen.
Joe
LASKER WAR DER DECKNAME EINES AUF RAUB SPEZIALISIERTEN GANGSTERS NAMENS SKIM, MIT DEM PARKER SCHON GEARBEITET HATTE.
DER EINZIG ECHTE NAME IN DEM BRIEF. JOE SHEER WAR EIN SAFEKNACKER IM RUHESTAND, DER SICH ALS MITTELSMANN FÜR MÄNNER WIE PARKER UND SKIM EINBRACHTE.

Cincinnati
SAT 19
TIMEX
Dateliner
HAT JOE DAS NEUE GESICHT NICHT ERWÄHNT?
PARKER?
GENAU DER.
WEISS NICHT - WIE HAST DU DICH IN NEBRASKA GENANNT?
ANSON.
ALLE ACHTUNG. DIE HABEN GUTE ARBEIT GELEISTET.
WEGEN DIR LASS ICH MEINEN WHISKEY FALLEN.
HAST DIR 'NE MIESE GEGEND AUSGESUCHT, SKIM.
WIR SIND NOCH NICHT SO FLÜSSIG.
ICH GEB'S ZU. ICH BRAUCHE DIESEN COUP -

Parker brauchte ihn auch und trat an den Tisch, wo Skim eine Esso-Karte ausgebreitet hatte. Es ging um einen Überfall auf einen Geldtransport. Die Dairyman's Trust Bank schickte jeden Mittwoch einen Wagen mit Gehältern in bar zu ihrer Freehold-Filiale. Skims Informantin kannte die Strecke und wusste, dass die Fahrer bei jeder Tour pünktlich beim Shore Points Diner an der Route Nine Pause machten. Skims Plan klang nach einer Comic-Geschichte: Maschinengewehre, Tränengas – unnötig kompliziert.

DU HÄLTST DIE SACHE ALSO FÜR MACHBAR?
RISKANT. ABER FÜNFZIG RIESEN FÜR JEDEN SIND GUTES GELD.
HIMMEL, PARKER - ES SIND INSGESAMT FÜNFZIG. HÖCHSTENS SECHZIG.
VERDAMMT, SKIM!
TUT MIR LEID, PARKER. WAS SOLL ICH SAGEN? JOE HAT SICH WOHL VERTAN.
FÜNF MÄNNER, PLUS KOSTEN UND DIE INFORMANTIN? DA BLEIBEN FÜR JEDEN ACHT RIESEN.
DAS IST ES NICHT WERT.
ES MUSS GEHEN, PARKER. ICH BRAUCHE DIESEN COUP WIRKLICH.
Keine leichte Sache. Parker wollte aussteigen. Doch wie Skim brauchte er das Geld.
GUT, ABER WIR VERGESSEN DEINEN PLAN UND FANGEN VON VORN AN. WIR FINDEN EINEN WEG, DIE SACHE NUR MIT DIR, HANDY UND MIR DURCHZUZIEHEN.
WIR TEILEN DURCH DREI, UND DU BEZAHLST DIE INFORMANTIN AUS DEINEM ANTEIL.
DAS MUSS ICH MIT ALMA BESPRECHEN.
MIT DER INFORMANTIN BESPRECHEN? ENTSCHEIDE DICH JETZT ODER DIE SACHE IST GELAUFEN.
OKAY, PARKER. GLATT DURCH DREI. WIE WILLST DU'S ANGEHEN?
ICH SCHAU MIR DIE SACHE AN. WIR SEHEN UNS NÄCHSTE WOCHE IM GREEN ROSE. BRING ALMA UND HANDY MIT.
Parker hatte eine Woche Zeit, um nach Jersey zu fahren und sich ein Bild von der Sache zu machen. Wenn er eine Möglichkeit sah - gut. Wenn nicht, würde Skim lange im Green Rose warten.

Nord-Jersey
SHORE POINTS DINER
YANK
BRINK'S

CIGARETTES
HALLO ALMA! WIE GEHT'S UNSEREM MÄD-CHEN HEUTE?
JUNGS.
WAS KANN ICH FÜR EUCH TUN?
Sale
SPORTS
YANKEES WI
HA! DU BIST 'NE NUMMER, ALMA ...
SPORTS
YANKEES WIN!
MAL SEHEN ..
Sale
SPORTS
YANKEES WI
... HEUTE NUR KAFFEE.

Brooklyn
TIMEX
THUR 24
...eenRose
HALLO HANDY. RUTSCH MAL EIN STÜCK.
KENN ICH DICH, KUMPEL?
DAS IST PARKER. PARKER, DAS IST ALMA.
DU HURENSOHN.
PFF.
GUTE ARBEIT. HÄTTE DICH NIE ERKANNT.
HEY... DU WARST GESTERN IM DINER.
GENAU.
ALMA, SCHATZ, ENTSPANN DICH. ER MUSSTE SICH DIE SACHE ANGUCKEN. IST DOCH SO, PARKER?
DER PLAN IST GUT.
DU DENKST, WIR SCHAFFEN DAS? NUR VIER?
IST EIN KLEINER KUCHEN, HANDY.
DARÜBER WILL ICH REDEN – WIE WIR TEILEN, MEIN ICH.

LANGSAM, LANGSAM - WER ÜBERNIMMT DIE FÜHRUNG? NICHT ICH, BIN NICHT DER TYP.
DU - DU HATTEST DIE IDEE. HAST UNS RANGEHOLT.
ÜBERNIMMST DU, SKIM?
ICH HAB NOCH NIE 'NEN GELDTRANSPORTER ÜBERFALLEN.
Parker erläuterte seinen Plan.
1/ Auf dem Parkplatz den Geldtransporter mit zwei Lastern einkeilen.
2/ Sie überraschen, wenn der Fahrer das Heck öffnet, um den zweiten Wachmann ranszulassen.
3/ Den zweiten Wachmann ausknocken. Den dritten mit dem Fahrer und der falschen Uniform rauslocken.
4/ Beide ausknocken, alle drei fesseln und im Laderaum eines der beiden Laster einschließen.
5/ Heck mit dem Fluchtwagen zustellen, das Bargeld in den Kofferraum umladen.
KEIN GEBALLER, KEINE VERLETZTEN. WIR SOLLTEN GENUG ZEIT HABEN, UNS AUS DEM STAUB ZU MACHEN, BEVOR MAN DIE WACHMÄNNER FINDET.
ALMAS AUTO IST UNSER FLUCHTWAGEN.
DAS GEFÄLLT MIR NICHT. WIR SOLLTEN MEHRERE AUTOS BENUTZEN, UM DIE BULLEN ABZUHÄNGEN.
ALMA, HÖR MAL -
SCHON OKAY, SKIM.
GUTE IDEE, ALMA. HANDY UND ICH NEHMEN EINEN LASTER. WIR MÜSSEN EINEN SICHEREN ORT FINDEN, UM DIE BEUTE ZU TEILEN.
MORGEN FAHRE ICH NACH BALTIMORE, UM DAS FINANZIELLE ZU KLÄREN.
SKIM, KÜMMER DICH UM WAFFEN. ZWEI PISTOLEN, EINE SCHROTFLINTE.
ALMA, DU SIEHST DICH NACH EINEM PASSENDEN ORT ZUM TEILEN DER BEUTE UM.
ALLES KLAR, PARKER.
BIS SONNTAG BIN ICH ZURÜCK. SOLL ICH DICH MITNEHMEN, HANDY?
WÄR GUT.

DIE SACHE STINKT ZUM HIMMEL.
WEIL WIR MIT DEM LASTER ABHAUEN SOLLEN?
JA.
WEISST DU, WARUM ICH MITGESPIELT HAB?
DU HAST SIE DURCHSCHAUT?
NOCH NICHT.
BALTIMORE WAR MUMPITZ. AM WOCHENENDE BESCHATTE ICH SIE, WÄHREND DU DIE LASTER BESORGST.
ICH FRAG MICH, WO SKIM STEHT.
MACHT DAS 'NEN UNTERSCHIED?
GUCK SIE DIR AN. AUF DIE EINE ODER ANDERE WEISE WIRD SIE IHN LOSWERDEN.
DER ARME KERL.
MIT DER FRAU?
IST ER TOT BESSER DRAN.

Parker beschattete Alma drei Tage lang, bis sie sich verriet. An jenem Abend fuhr sie dreimal vom Diner zur Staatsgrenze. Ihr Plan war simpel – sie wollte die anderen warten lassen und sich mit dem Geld nach New York absetzen.
NEW YORK
TOLL PLAZA
2 Mi
Tagsüber spielte Alma brav ihre Rolle. Sie fand ein verlassenes Farmhaus, etwa eine Meile vom Diner, an der Route Nine. Sie brauchten zwei Laster für den Coup. Einen zum Stehenlassen, irgendeine Blechkiste. Der andere musste zuverlässig sein und saubere Papiere haben. Parker ließ Handy den Laster von außerhalb des Staates organisieren … wie auch eine spezielle Gerätschaft.
NICHT SCHLECHT. HAST DU AUCH DAS ANDERE DING?
HINTEN DRIN.
MEINE GÜTE. ICH SAGTE DOCH, WAS UNAUFFÄLLIGES.
DU WOLLTEST ES SCHNELL, PARKER.
Zum Ende der Woche hatten sie alles. Den Tag vor dem Coup verbrachten sie damit, die Fahrt zur Farm zu üben. Dieses Affentheater widerte Parker an, aber er spielte mit.
ZU LANGSAM. NOCHMAL.
OKAY, EIN LETZTES MAL. SKIM IST AUF DEM PARKPLATZ. HANDY UND ICH WARTEN AM STRASSENRAND.

Nord-Jersey
TIMEX
WED 30
9

Sorry!
ALMA!
Sorry
BEREIC
GESCHLOSS
JUNGS.

WIR MÜSSEN LOS, ALMA.
Esquir

BUFF!

Esquire
KRAK
WACK

ALMA?
Sorry!
ÄH ... FRÄULEIN?
MEN
BRINK'S
WIR SEHEN UNS BEI DER FARM, JUNGS!

CHUKA CHUKA CHUKA CHUKA CHUKA
SCHNALL DICH AN.
BRUUUMM

DA KOMMT SIE.
WARTE ...
SIE HAT SKIM ERLEDIGT.
WIE NENNT MAN DIESES DING?
NAGEL-STREIFEN. IST 'NE NEUE SPIELEREI.

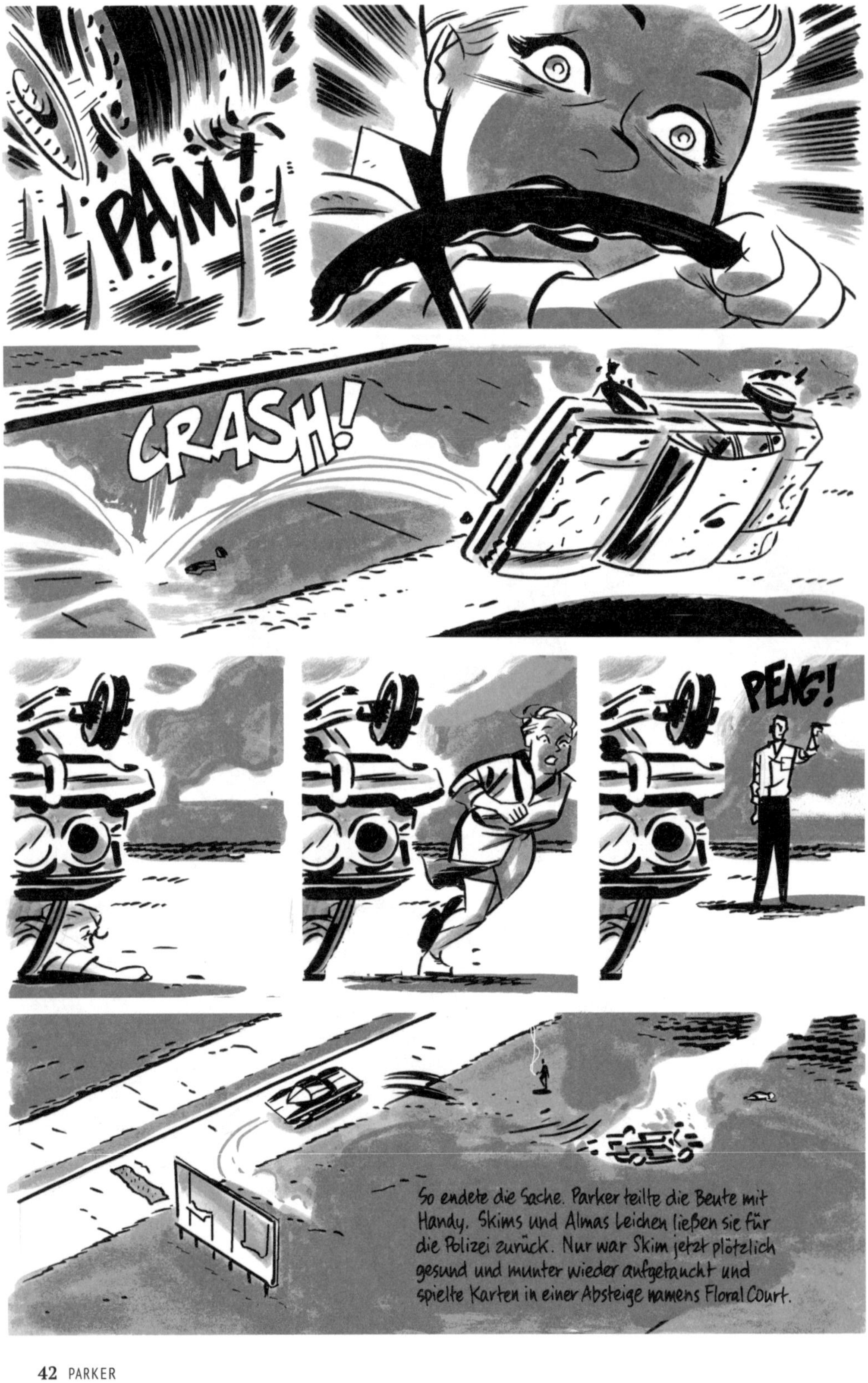
PAM!
CRASH!
PENG!
So endete die Sache. Parker teilte die Beute mit Handy. Skims und Almas Leichen ließen sie für die Polizei zurück. Nur war Skim jetzt plötzlich gesund und munter wieder aufgetaucht und spielte Karten in einer Absteige namens Floral Court.

floral court
TV
AIR
MACH SCHON, CLANCY.
GEHST DU MIT ODER NICHT?
ICH SETZE DREI.
NA ALSO!
ICH GEH MIT.
MIST.
ICH STEIG AUS.
ZU VIEL MOOS IM SCHOSS.
HA.
ICH GEHE HÖHER ALS DREI.
PASSE.
LOS GEHT'S, WER NICHTS WAGT ...

MACH
GUT
HEY.
ZUM TEI
DAS
IHR LASST ALLE SCHÖN DIE HÄNDE AUF DEM TISCH.
Oh nein.
GOTT.
GELD UND BRIEFTASCHEN AUF DEN TISCH.
SOFORT.
HÖR ZU, KUMPEL.
KLAPPE.
DU – AUF-SAMMELN! PACK ALLES IN DEINEN MANTEL.
RUHIG BLUT, KUMPEL. HAU DAMIT AB.
RUHE.

IHR ALLE GEHT JETZT. KEINER VON EUCH MACHT WAS DUMMES. ICH HABE EURE BRIEFTASCHEN.
IHR LASST EUCH HEUTE ABEND BESSER NICHT INNERHALB VON FÜNFZIG MEILEN HIER BLICKEN.
DU NICHT.
HALLO, SKIM.
ALS ICH DICH DAS LETZTE MAL SAH, WARST DU TOT.
ABER CLINT RIEF AN – ER SAGTE –
ER HAT DIR GESAGT, WAS ICH IHM AUFGETRAGEN HATTE.
PARKER, HÖR ZU … DAS WAR NICHTS PERSÖNLICHES.
NICHT MEHR JEDENFALLS, ALS MICH TOT ZURÜCKZULASSEN.

Ich weiß noch, wie ich mit dem Messer in der Brust auf der Straße lag.
Ich glaubte, Alma in der Ferne schreien zu hören.
Dann wachte ich im Rettungswagen auf.
HALT MAL ...
BITTE MELDEN, CAMDEN SIEBEN-NEUN.
GENAU HIER. DRÜCKEN.
MIST.
WIR HABEN EINEN MANN MIT STICHVERLETZUNG - MITTE VIERZIG ...
HIMMEL, DAS WAR KNIFFLIG. GUT, GIB MIR 'NE KLEMME.
HA!
BIST 'N GLÜCKSPILZ. HÖRST DU?
DU WIRST ES SCHAFFEN.

Die Ärzte flickten mich zusammen, und bald tauchten die Bullen auf. Sie dachten, ich hätte mit dem Coup zu tun. Weil Alma tot war, konnten sie keine Verbindung herstellen. Ich spielte das Opfer, und sie mussten die Sache fallen lassen.
Ich beschloss, mich hier unten zu erholen. Keine Ahnung ... Vielleicht schon mit dem Hintergedanken, dich zu finden.
Ich wusste, du treibst dich hier rum. Außer Handy bin ich der einzige, der weiß, wie du inzwischen aussiehst.
Der Freund eines Freundes stellte mich hiesigen Syndikatstypen vor. Ich schlug mich als ihr Buchmacher durch. Gestern dann, auf der Rennbahn, war es soweit.

Komisch – fast hätte ich dich übersehen. Die Braut, mit der du da warst, ist mir aufgefallen. Und plötzlich seh' ich dich.
Der Rest war simpel. Ich folgte dir und der Braut in dein Hotel.
Biscayne
Polly Davis
Der Page ließ sich kräftig schmieren, ehe er deinen „Namen" und die Zimmernummer rausrückte.
TELEPHONES
BRONSON WAR HOCHERFREUT. VERSPRACH EINE FETTE BELOHNUNG, WEIL ICH DICH VERRATEN HATTE.
WAS SOLL ICH SAGEN? ICH LIESS ES DRAUF ANKOMMEN, UND HIER BIN ICH ... WIEDER AM ARSCH.
DU HAST DICH ÜBEL VERZOCKT ...

PARKER, KOMM SCHON –
BITTE – ICH VERLASS DIE STADT. DU SIEHST MICH NIE WIEDER!
VERSUCH, STILL ZU STEHEN, SKIM. DU KENNST DOCH DIESE 22er.
ICH BEMÜH MICH, ES SAUBER DURCHZUZIEHEN.
WAS?
NEIN!
PARKER, BITTE!
Es war eine unzuverlässige Waffe. Parker musste dreimal feuern.

Parker saß am Tisch, hantierte mit Stift und Papier und runzelte die Stirn. Er war es nicht gewohnt, Briefe zu schreiben.

Es kostete ihn drei Anläufe und einen Anruf bei der Auskunft, um sich „Missstand" buchstabieren zu lassen, bis er zufrieden war. Er schrieb sechs Briefe, bei denen er lediglich Namen austauschte ...

Frank

Das Syndikat glaubt, ich bin ein Missstand für sie. Was nicht stimmt. Trotzdem schicken sie laufend Dreckskerle, die Ärger machen. Ich habe ihrem Chef erklärt, dass ich ihnen finanzielle Probleme mache, wenn das nicht aufhört. Es hat nicht aufgehört. Du hast mir mal von Plänen für diese Spielbank bei Boston erzählt. Du würdest mir einen Gefallen tun, wenn du die Sache in den nächsten Wochen durchziehst. Außerdem schreibe ich an ein paar der anderen Jungs. Du kannst sicher sein, dass sie zu beschäftigt sein werden, um dich gezielt zu jagen. Ich will keinen Anteil und kann nicht mitmachen, weil ich selbst damit zu tun haben werde, sie anzugreifen. Du erreichst mich über Joe Sheer. Vielleicht arbeiten wir irgendwann wieder zusammen. PARKER

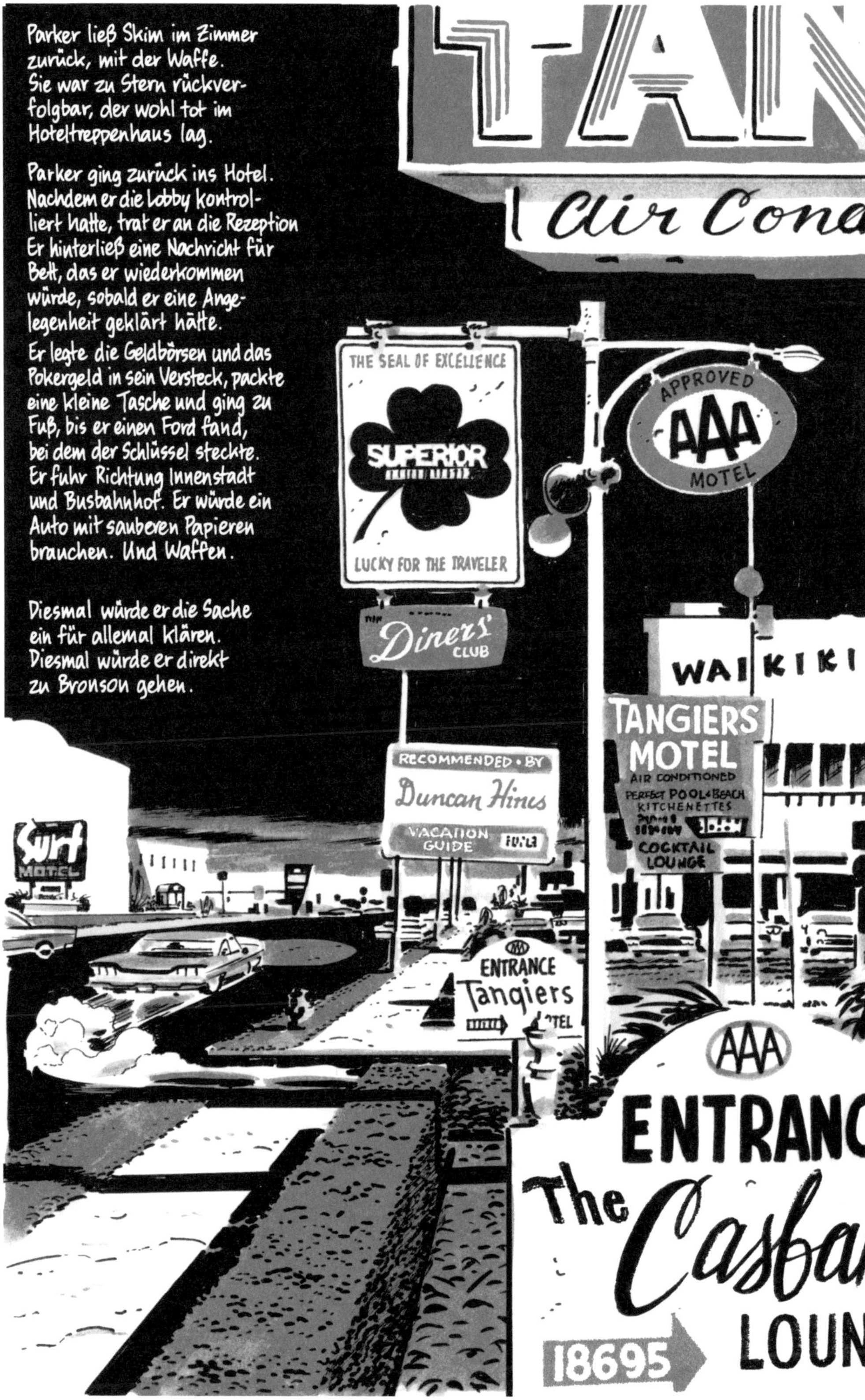
Parker ließ Skim im Zimmer zurück, mit der Waffe. Sie war zu Stern rückverfolgbar, der wohl tot im Hoteltreppenhaus lag.
Parker ging zurück ins Hotel. Nachdem er die Lobby kontrolliert hatte, trat er an die Rezeption Er hinterließ eine Nachricht für Bett, das er wiederkommen würde, sobald er eine Angelegenheit geklärt hätte.
Er legte die Geldbörsen und das Pokergeld in sein Versteck, packte eine kleine Tasche und ging zu Fuß, bis er einen Ford fand, bei dem der Schlüssel steckte. Er fuhr Richtung Innenstadt und Busbahnhof. Er würde ein Auto mit sauberen Papieren brauchen. Und Waffen.
Diesmal würde er die Sache ein für allemal klären. Diesmal würde er direkt zu Bronson gehen.
Air Cond
THE SEAL OF EXCELLENCE
SUPERIOR
LUCKY FOR THE TRAVELER
APPROVED
AAA
MOTEL
Diners' CLUB
WAIKIKI
TANGIERS MOTEL
AIR CONDITIONED
PERFECT POOL & BEACH
KITCHENETTES
COCKTAIL LOUNGE
RECOMMENDED • BY
Duncan Hines
VACATION GUIDE
Surf
MOTEL
ENTRANCE
Tangiers
AAA
ENTRANC
The Casba
LOUN
18695

BUCH ZWEI

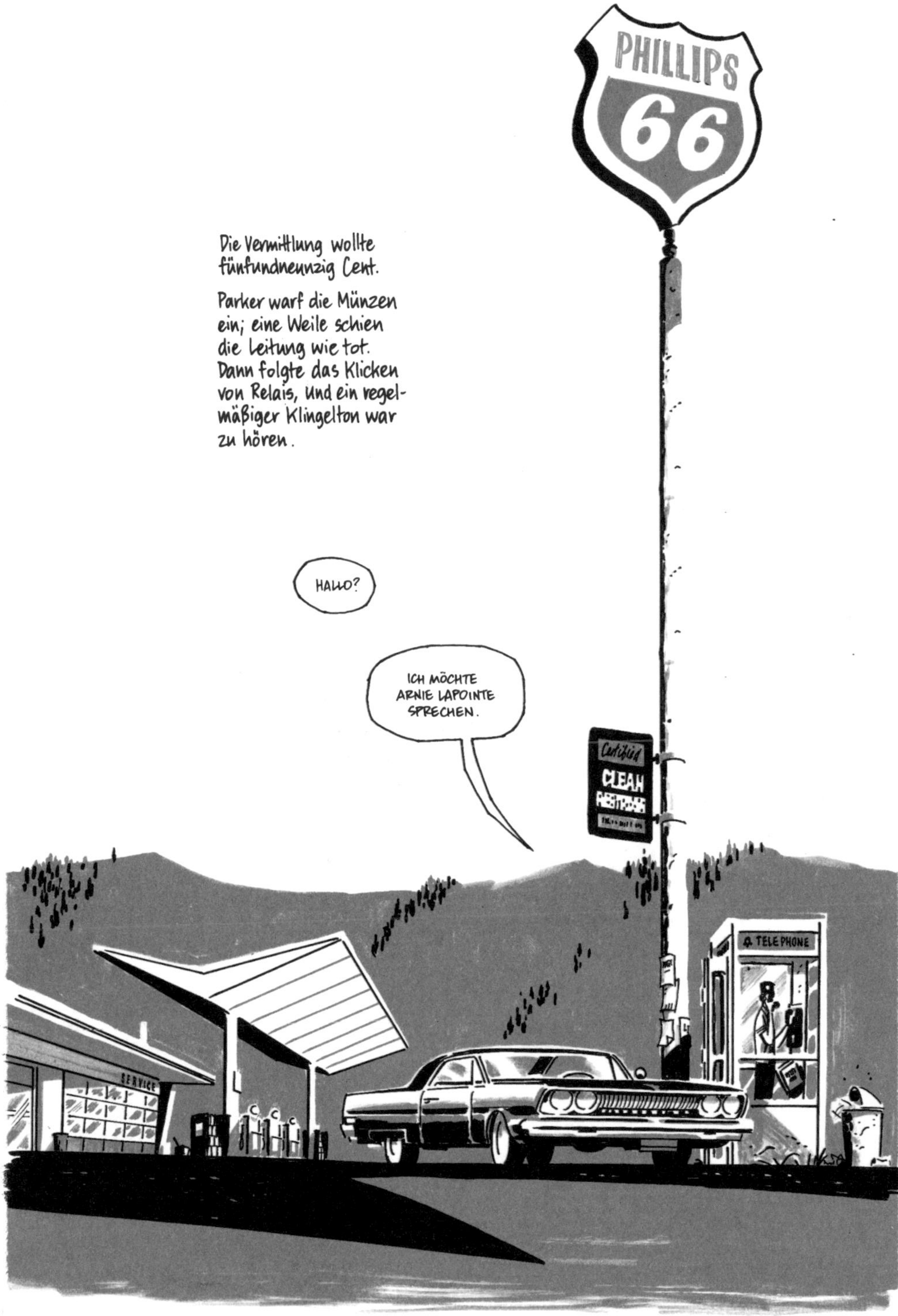
PHILLIPS
66
Die Vermittlung wollte fünfundneunzig Cent.
Parker warf die Münzen ein; eine Weile schien die Leitung wie tot. Dann folgte das Klicken von Relais, und ein regelmäßiger Klingelton war zu hören.
HALLO?
ICH MÖCHTE ARNIE LAPOINTE SPRECHEN.
Certified
CLEAN
TELEPHONE
SERVICE

AM APPARAT.
HIER PARKER. ICH MÖCHTE EINE NACHRICHT FÜR HANDY McKAY HINTERLASSEN.
ICH WEISS NICHT, OB ICH IHN SEHE.
FÜR DEN FALL.
KLAR, MACH ICH.
WENN ER ZEIT HAT, WÜRDE ICH IHN GERNE NÄCHSTEN DONNERSTAG BEI MADGE'S IN SCRANTON TREFFEN.
NACH WEM SOLL ER FRAGEN?
NACH MIR, PARKER.
WANN AM DONNERSTAG?
NÄCHSTEN DONNERSTAG. NICHT DIESEN.
SCHON KLAR. UND WANN?
UM NEUN.
MORGENS ODER ABENDS?
HIMMEL. ABENDS NATÜRLICH.
WENN ICH IHN SEHE, SAG ICH BESCHEID.
DANKE.

SSS
SSSPPSHH

THE ROCKY MOUNT
Players
DINNER THEATER•SUMMER STOCK

THE RO
Pl
KEINE REGUNG, KNAPPE!

KEINE BEWEGUNG, MR. PARKER. SONST MUSS ICH EUCH DURCH-BOHREN.
GANZ RUHIG ... ICH WÜRDE NUR UNGERN DAS HÜBSCHE NEUE GESICHT RUINIEREN.
KLAPPE, GROFELD.
WOHER WUSSTEST DU, DASS ICH'S BIN?
DU BELEIDIGST MICH, PARKER. ICH BIN SCHAUSPIELER. EIN AUS-GEBILDETER MIME.
ICH HABE DEIN KÜHNES EINTRETEN IN MEINE BESCHEIDENE SPIELSTÄTTE BEOBACHTET. DEIN GESICHT KANNST DU VERÄNDERN, ABER WIE DU DICH BE-WEGST ... DEINE KÖRPERSPRACHE BLEIBT DIESELBE.
DAS, UND DER GERUCH DES TODES, DER DIR FOLGT.
KLAPPE, GROFELD.
KOMM, WIR TRINKEN EIN BIER.

ALS LYNN TOT WAR, HAB ICH EINEN NACH DEM ANDEREN ZUR STRECKE GEBRACHT. LETZTLICH HABEN SIE MICH AUSBEZAHLT.
DOCH DAS ARSCHLOCH BRONSON HAT EIN KOPFGELD AUF MICH AUSGESETZT. SKIM WOLLTE KASSIEREN UND HAT MICH VERRATEN. ICH MUSSTE IHN TÖTEN. JETZT WILL ICH DIE SACHE EIN FÜR ALLE MAL KLÄREN.
THE ROCKY MOUN
WOW. UND ICH DACHTE, ICH HÄTTE PROBLEME.
HMHM. UND JETZT WILL ICH AUS DEM PROBLEM EINE GELEGENHEIT MACHEN.
HAST DU MEINEN BRIEF BEKOMMEN?
KLAR. DAS PROBLEM IST: ICH HABE KEINEN PLAN FÜR DAS SYNDIKAT IN DER SCHUBLADE. ICH WEISS NICHT, WO ICH SIE ANGREIFEN KÖNNTE.
MEINE GÜTE, ICH KÖNNTE SO 'NEN COUP WIRKLICH BRAUCHEN. DEN PÖBEL ZU BILDEN, BRINGT RUHM UND EHRE, ABER GARANTIERT KEIN GELD.
THE ROCK MOUNT
DINNER THEAT MER STOCK

SPAR DIR DEINE VORTRÄGE, GROFELD.
HANDY UND ICH WERDEN EIN WETTDEPOT ÜBERFALLEN. WIR BRAUCHEN EINEN DRITTEN MANN, DER GUT MIT LEUTEN KANN.
DU, ICH UND HANDY McKAY?
BIN DABEI.
GUT.
NOCH WAS – ERINNERST DU DICH AN DIE UTENSILIEN, DIE WIR BEI DEM LOHNGELD-COUP IN TUCSON HATTEN?
KÖNNTEST DU MIR WAS IN DER ART LEIHEN?
SCHÄMST DU DICH FÜR DEIN NEUES GESICHT?
WARTE MAL KURZ.
KANNST DU BEHALTEN. WIR SEHEN UNS NÄCHSTE WOCHE.
BEI MADGES IN SCRANTON. DONNERSTAG.

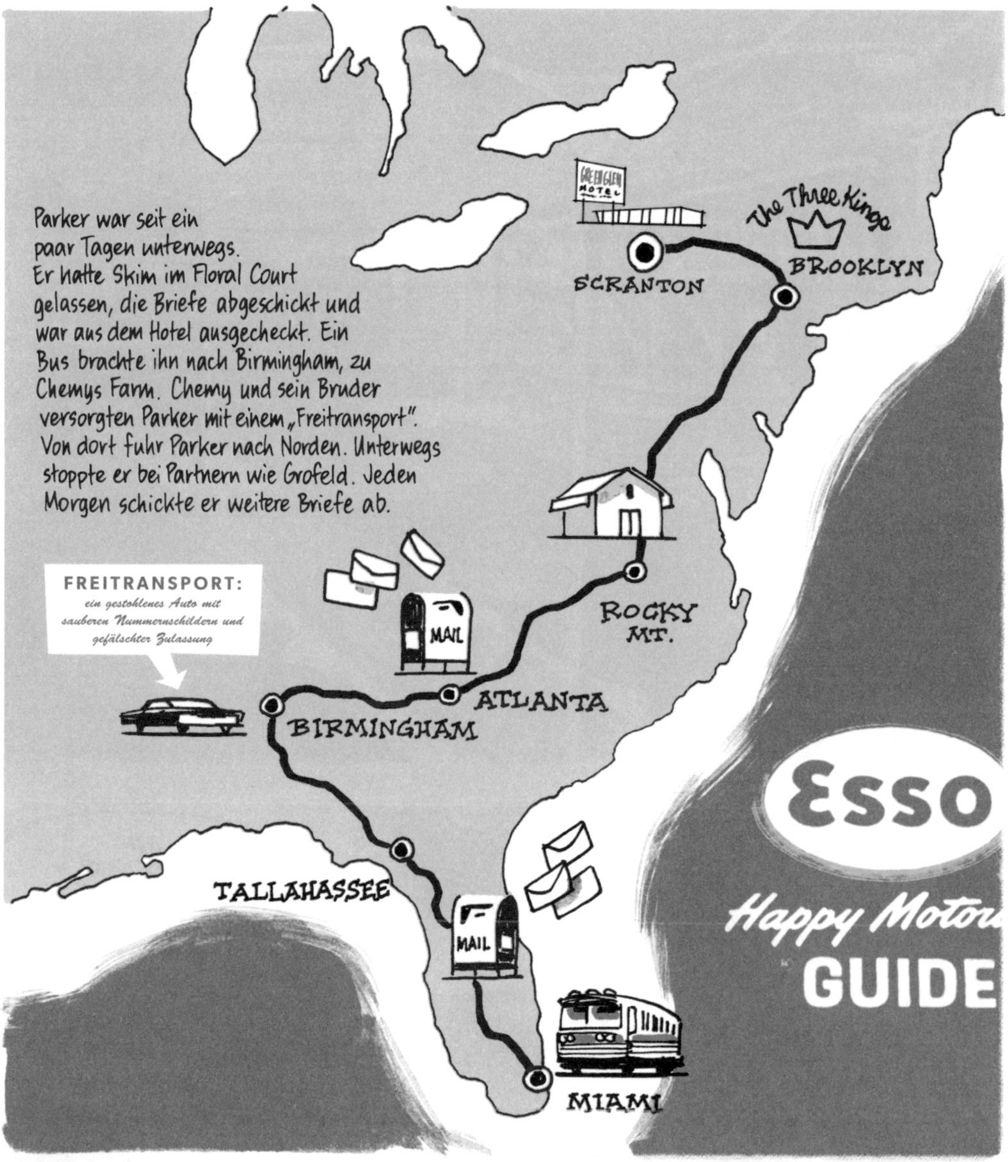
Parker war seit ein paar Tagen unterwegs. Er hatte Skim im Floral Court gelassen, die Briefe abgeschickt und war aus dem Hotel ausgecheckt. Ein Bus brachte ihn nach Birmingham, zu Chemys Farm. Chemy und sein Bruder versorgten Parker mit einem „Freitransport". Von dort fuhr Parker nach Norden. Unterwegs stoppte er bei Partnern wie Grofeld. Jeden Morgen schickte er weitere Briefe ab.
FREITRANSPORT:
ein gestohlenes Auto mit sauberen Nummernschildern und gefälschter Zulassung
The Three Kings
SCRANTON
BROOKLYN
ROCKY MT.
MAIL
ATLANTA
BIRMINGHAM
TALLAHASSEE
MAIL
MIAMI
Esso
Happy Motor
GUIDE

Es war bereits dunkel, als er in Brooklyn ankam.

Appliance World

JA, GENAU - ZU JIM ST. CLAIR. SKIM LASKER AUS FLORIDA SCHICKT MICH.
ICH NEHM EIN BUD.
WIE WAR DER NAME?

the Three Kings
MARROTTA E
JIM ST. CLAIR.
NEE. DER ANDERE NAME.
LASKER.
WARTEN SIE. ICH SCHAU NACH.
HIER SITZ ICH, KÜMMERE MICH UMS GESCHÄFT, UND HEREIN SPAZIERT DER TEUFEL, ATTRAKTIV UND MIT BART UND SO ...
SPAR DIR DAS FÜR DEN NÄCHSTEN KUNDEN.
OKAY. KOMMEN SIE HIER ENTLANG.

EXIT
EXIT
ST. CLAIR?
UND?
WAS IST MIT LASKER?
NA?
NA?
UND?
LASKER SCHICKT MICH ZU IHNEN.
LASKER, AHA.
LASKER IST TOT.

ICH WEISS.
ABER CRESETTI SAGT, SIE KENNEN IHN NICHT UND ICH SOLL MICH AUF LASKER BEZIEHEN.
CRESETTI? WIE? WER?
HAT LASKERS JOB ÜBERNOMMEN.
UND SIE GESCHICKT?
WOZU? WAS ZUM TEUFEL HABE ICH MIT DIESEM CRESETTI ZU TUN? WAS INTERESSIERT DER MICH?
SIE HABEN LASKER DIESEN KERL GESCHICKT, STERN.
KLAR HAB ICH STERN GESCHICKT. UND ER HAT VERSAGT, STIMMT'S?
DIESER MISTKERL VON PARKER HAT IHN UMGELEGT, WIE FINDEN SIE DAS?
ER HAT AUCH LASKER GETÖTET.
KLAR HAT ER LASKER GETÖTET. JETZT HEISST ES, ER KOMMT VIELLEICHT HER. GLAUBEN SIE DAS? ICH NICHT. LASKER HAT IHN VERRATEN, UND STERN WOLLTE IHN UMLEGEN.
WAS HABE ICH DEM BASTARD GETAN? NICHTS. MEIN JOB WAR, DIESEM LASKER IN FLORIDA 'NEN BALLERMANN ZU SCHICKEN. DAS HAB ICH GEMACHT. DARÜBER HINAUS WEISS ICH VON NICHTS. FÜR MICH WIRD SICH DIESER HURENSOHN KAUM INTERESSIEREN.
VIELLEICHT.

VIELLEICHT SIND SIE PARKER.
VIELLEICHT SOLLTE ICH SIE VON JOHNNY FILZEN LASSEN.
HAH! ICH BIN GANZ SCHÖN CLEVER, WAS?
ICH HABE EINE WAFFE.
IM ÄRMEL, HM?
HA!
STERNS WAFFE.
JOHNNY KANN SIE AUS MEINER MANTELTASCHE HOLEN, WENN SIE DAS WOLLEN.
NÖ. WOZU? SIND WIR FEINDE?
TIERE IM DSCHUNGEL?
LEGEN SIE EINFACH DEN MANTEL AB. IST SOWIESO HEISS HIER.
GEBEN SIE HER – ICH HÄNGE IHN … AAAUUUFFF?
WAS?

SLUK
KRAK
ZURÜCK AN DIE TÜR, JOHNNY!
Röchel
LEHN DICH AN DIE TÜR, WIE EBEN.
ENTSPANN DICH.
SO IST'S GUT, JOHNNY.

GANZ RUHIG.
GEHEN WIR-LEISE.
WIR SIND NOCH NICHT FERTIG, KUMPEL.
EXIT
DOCH, SIND WIR.
GEH RAUS UND VERHALT DICH NORMAL. KLAR?
gaa..

EXIT
RU RU RU RU RUU VVVVV
ERRK
Als Parker in Sicherheit war, zählte er nach. Gut drei Mille in kleinen Scheinen.
SPIRIT GUM
Das Syndikat war nun angegriffen worden. Nur Skim kannte Parkers neues Gesicht, und Grofelds Verkleidungsutensilien würden sie verwirren. Parker fuhr Richtung Norden. Ein Stopp stand noch an, bevor er nach Scranton fuhr.

Justin Fairfax. Er war nicht umgezogen. Das war dumm, wirklich dumm. Parker war einmal hier gewesen, als er sein Geld von der Organisation zurückwollte. Fairfax führte den New Yorker Ableger des Syndikats.
ICH SAGTE, WIR MÜSSEN REDEN. SCHICKEN SIE IHRE KNILCHE RAUS.
SIE STÜRMEN MIT 'NER WAFFE REIN, RISKIEREN 'NE DICKE LIPPE ...
BLAM
DAS WAR KEINE BITTE.
ALLE HALTEN DIE HÄNDE SO, DASS ICH SIE SEHEN KANN.
SIND SIE WAHNSINNIG? WISSEN SIE, WO SIE HIER SIND?
Dreckskerl... hat mich angeschossen.
SIE HABEN EBEN IHR TODESURTEIL UNTERSCHRIEBEN.
VIELLEICHT. ABER SIE SCHICKEN ERSTMAL DIESE IDIOTEN WEG.
WIR MÜSSEN UNTER VIER AUGEN REDEN.

GLAUBST DU, ER GIBT UNS DIE SCHULD?
HALT DIE KLAPPE, AL.
ALSO, REDEN SIE. WER ZUM TEUFEL SIND SIE?
PARKER.
PARKER? UNSINN. DEN KENNE ICH.
SEUFZ ...
ALS ICH DAS LETZTE MAL HIER WAR, HABEN WIR BRONSON ANGERUFEN. SIE HABEN GEHÖRT, WIE ICH IHM GESAGT HABE, WAS PASSIERT, WENN ER MICH WEITER VERARSCHT.
ICH GLAUB'S NICHT.
ICH WEISS NICHT, WAS SIE ERREICHEN WOLLEN.
SIE ÄRGERN UNS WEITER, WIR JAGEN SIE WEITER. WO DAS ENDET, IST DOCH KLAR.
FALSCH. NICHT IHR JAGT MICH, ICH JAGE EUCH. GERADE JAGE ICH BRONSON.

WAS AUCH IMMER SIE WOLLEN: ES LIEGT NICHT IN MEINER MACHT, ES IHNEN ZU GEBEN.
DOCH. ICH WILL ZWEI DINGE.
ICH WILL WISSEN, WO ICH BRONSON FINDE. UND WER SEINEN JOB ÜBERNIMMT, WENN IHM ETWAS ZUSTÖSST.
ICH SOLL VERRATEN, WO BRONSON IST? TUT MIR LEID, PARKER, DIES-MAL MÜSSEN SIE MICH UMLEGEN.
GUT, ICH MACH'S IHNEN LEICHT. BRONSON IST EGAL. SIE WISSEN, WER DER NÄCHSTE IN DER RANGFOLGE IST. MIT DEM WILL ICH REDEN.
WARUM?
HÖREN SIE ZU, DANN KAPIEREN SIE ES. WIE HEISST ER?
SIE WOLLEN EINEN DEAL MACHEN. GUT, KANN NICHT SCHADEN. ER HEISST WALTER KARNS.
WÄHLEN SIE UND GEBEN SIE MIR DEN HÖRER.
ES KLINGELT.

KLOPF
RRRING
HIER KARNS.
KLACK
PARKER HIER. SIE WISSEN, WER ICH BIN?
PARKER? DER PARKER, DER IM OSTEN SO VIEL ÄRGER MACHT?
GENAU DER.
SOSO. UND WIE KOMME ICH ZU DER EHRE?
TAK
WENN BRONSON ETWAS ZUSTÖSST, ÜBERNEHMEN SIE, STIMMT'S?
WAS?
JETZT MAL SCHÖN LANGSAM. WIE WAR DAS?
ICH WILL WISSEN, OB'S MIR WAS BRINGT, WENN ICH MICH MIT BRONSON EINIGE.
AH, DAHER WEHT DER WIND.
HÖREN SIE, DARAUF LÄSST ER SICH NIE EIN.
GIBT'S 'NEN GUTEN GRUND, ES NICHT ZU VERSUCHEN?
TACK
WARTEN SIE.
LASSEN SIE MICH NACHDENKEN.
KLONK

PARKER, ICH DENKE, WIR KÖNNTEN DA ZUSAMMEN-KOMMEN.
IHR MACHT EUER DING, ICH MEINS. IHR LASST MICH IN RUHE UND ICH EUCH.
DEAL?
WENN ICH DANK IHNEN SEINEN JOB ÜBERNEHME, WERDE ICH MICH ERKENNT-LICH ZEIGEN.
SAGEN SIE'S KLAR UND DEUTLICH.
WENN ICH BRONSON KRIEGE, DANN ...?
WENN SIE ARTHUR BRONSON KRIEGEN, MR. PARKER, WIRD DIE ORGANISATION SIE KÜNFTIG IN RUHE LASSEN.
EINVER-STANDEN. GUTE NACHT, MR. KARNS.

GUTES GELINGEN, MR. PARK—
CLIK
UND?
ICH HABE KARNS IMMER BEWUNDERT. UND BRONSON NIE GEMOCHT.
SIE FINDEN IHN IN BUFFALO.
ER WILL IM HAUS SEINER FRAU BLEIBEN, BIS SIE GEFASST SIND. 798 DELAWARE, GEGENÜBER VOM PARK.
IHR MANN BRAUCHT EINEN ARZT.
WIEDERSEHEN, FAIRFAX.
Parker fuhr nach Westen, um Grofeld und Handy in Scranton zu treffen. Er würde das Syndikat noch einmal angreifen und dann nach Buffalo fahren. Zu einem wandelnden Toten namens Bronson.
SCRANTON
BINGHAMTON
SYRACUSE

BUCH DREI

GEHE IN DAS GEFÄNGNIS. BEGIB DICH DIREKT DORTHIN. ZIEHE NICHT ÜBER LOS. ZIEHE NICHT 200 DOLLAR EIN.
Arthur Bronson fand, dass er sowieso schon im Gefängnis war.

Eine echte Scheißgegend, um den November zu verbringen. Er vermisste Vegas. Tahoe. Große Güte, alles, nur nicht das hier. Bronson hasste Buffalo, und das Haus seiner Frau hasste er noch mehr. Er war hier, seit Parker das Three Kings überfallen hatte.
HA. NA, ES GIBT WOHL FÜR ALLES EIN ERSTES MAL. WAS, MR. BRONSON?
HRMF.
Er hatte sich draußen nicht mehr sicher gefühlt und ein paar Bodyguards mit ins Haus genommen. Leute vom Syndikat beschatteten die Straße. Sobald sie Parker aufscheuchten, würde Bronson ihn umbringen, dazu war er entschlossen. Darauf warteten sie jetzt. Und spielten Monopoly.
Das Haus war ein Ungetüm aus Stein. Bronson verabscheute es, doch Willa hatte es sich gewünscht. Sie war eine mittelmäßige Jazzsängerin gewesen, als er sie geheiratet hatte. Doch tief im Herzen war sie noch immer das Mädchen aus der armen Gegend von Buffalo geblieben. Einen der Steinbrocken am Park zu besitzen, war ihr Lebenstraum, und wenn Willa etwas wirklich wollte, besorgte Bronson es.
PARK PLACE
Arthur Bronson hatte sich während der Prohibition einen Namen gemacht. Im Alter von 32 hatte er Baltimore und Washington kontrolliert.
ELIMINIERE DEINE FEINDE
GO
GEHE AUF LOS
(Ziehe 200 Dollar ein)
EXTRA!
DU BIST ZUM VORSITZENDEN GEWÄHLT WORDEN
ERPRESSE 50 $ VON JEDEM SPIELER
Vor neun Jahren war er Vorsitzender des Nationalkomitees geworden.

Seine Tarnung war einwandfrei. Er gehörte den relevanten bürgerschaftlichen Organisationen an. Das beengte Leben in Buffalo jedoch hasste er. Er bevorzugte Hotelsuiten mit Poolblick. Chrom und rotes Leder. Auch war ihm eine vollbusige Hundert-Dollar-Hure auf einem weißen Ledersofa lieber als seine mollige Matrone im Steinbrocken am Park.
100
LUXUS-STEUER
Zahle 75 $
Nun war es aber so, dass die gute Hure die hundert Dollar bekam und die mollige Matrone das Hunderttausend-Dollar-Haus.
DU LIEBST UND HASST SIE
ZAHLE FÜR DEINE SCHULD
IN
GEFÄNG-NIS
BESUCHEN
Bronson reiste das ganze Jahr über und ließ sich hier gerade so oft blicken, dass Willa sich nicht beschweren konnte. Jetzt war es anders – aus heiterem Himmel war er mit einem Auto voller Leibwächter aufgekreuzt. Willa reagierte besorgt und schwatzhaft, was Bronson übellaunig und ungeduldig machte.
FÜR SIE, SIR.
FAIRFAX IST DRAN.
ICH TELEFONIERE OBEN MIT IHM.
Vielleicht war das der Anruf.
Vielleicht hatten sie den Scheißkerl. Oben hielt er inne und zündete sich eine Zigarre an, bevor er abnahm.
JETZT KEINE SCHLECHTEN NACHRICHTEN, FAIRFAX.

TUT MIR LEID, ART.
ICH BIN IM KAKADU-CLUB. HIER HABEN GESTERN PROFIS EINEN ÜBERFALL DURCH-GEZOGEN.
WAS?
CLUB COCKATOO
DANCING
ES WAREN NUR ZWEI MÄNNER. SIND REINSPAZIERT UND HABEN DAS DING GEDREHT, ALS HÄTTEN SIE JAHRE GEÜBT.
ZUM TEUFEL. WIE VIEL?
SIEBENUND-ACHTZIG RIESEN.
SIEBENUND- WO ZUM TEUFEL WAREN ALLE? IM BETT?
BERUHIGE DICH, ART.
VON WEGEN BERUHIG DICH! SIND WIR EINE ORGANISATION ODER NICHT? KÖNNEN PARKER UND SEINE FREUNDE UNS VERARSCHEN, WANN IMMER SIE WOLLEN?
QUILL UNTERSUCHT DIE SACHE. WIR WISSEN NICHT, OB PARKER ODER SEINE FREUNDE DAHINTER STECKEN.
BIST DU BESCHRÄNKT, FAIRFAX? NOCH NIE HABEN UNS PROFIS ANGE-GRIFFEN. PLÖTZLICH TUN SIE'S. HÄLTST DU DAS FÜR ZUFALL?
FIND IHN, DU SCHEISSKERL. FINDE PARKER.
ICH GEB MEIN BESTES, ART.
VERGISS DEIN BESTES, VERDAMMT.
FINDE IHN!
CRASH!
SIR?

WÖCHENTLICHER KRIMINALANZEIGER
DIE FAKTEN
GREIFEN UNABHÄNGIGE DAS SYNDIKAT AN?
Details im Innenteil
AUFGEDECKT FRAUENHANDEL PER VERSAND
ILLEGALES GLÜCKSSPIEL: AMERIKAS TÖDLICHSTES GESCHWÜR!
EXKLUSIV: DER ÜBERFALL DES JAHRES!
WIR HABEN EIN SYNDIKAT-CASINO AUSGERAUBT
AUS NOT WIRD TUGEND
IST DAS DAS PERFEKTE FLUCHTAUTO?

DER ÜBERFALL AUF DEN KAKADU-CLUB

DIE AUFREGENDE GESCHICHTE DES GRÖSSTEN RAUBÜBERFALLS DES JAHRES UND DER BEIDEN MÄNNER, DIE DAS DING GEDREHT HABEN.

Von Richard Stark

Das Neonschild zur Straße hin war grün. Darauf stand: Tanzclub Kakadu.

Der Laden funktionierte so: Er war ein Betrieb des Syndikats, ein weitläufiges, cremefarbenes, stuckverziertes Gebäude, zwei Stockwerke hoch. Die einzige legale Aktivität, der man hier nachging, war das Tanzen. Im Erdgeschoss lag eine Bar, an der jeder Drink zu haben war, von dem man aus New York City schon einmal gehört hatte, zu einem etwas höheren Preis als dort. Die Kellner und Barmänner verkauften Marihuana-Briefchen – härtere Drogen hatten sich in diesem Teil des Landes nicht durchgesetzt.

Im Obergeschoss fand man Betten und die dazugehörigen Mädchen. Unten standen die Spieltische. Es war ein solider Betrieb, einträglich und sicher. Die ortsansässige Polizei war gut geschmiert, es hatte nie Probleme gegeben. Bis zu diesem Abend.

Der nächste Ort lag fünf Meilen entfernt Richtung Osten, an der zweispurigen Straße. Die führte von dort leicht abschüssig zur großen Stadt. Aus dieser Richtung kam der orangefarbene Volkswagen, sirrte am Kakadu-Club vorbei, mit dem für VWs typischen Stottern. Anderthalb Meilen weiter lag eine Esso-Station, die nachts geschlossen war. Dort bog der VW ein und hielt an. Die Scheinwerfer verloschen. Die niedrige, kleine Silhouette des Wagens war im Dunkeln nicht zu erkennen, wenn man sie nicht dort vermutete. Der Fahrer, ein kleiner, dünner Mann namens Rico, stieg aus und lief an der Straße entlang in Richtung Kakadu-Club.

CLUB
COCKATOO

Es war Samstagabend, der Parkplatz gut gefüllt. Rico ging zwischen den parkenden Autos hindurch bis zur der Reihe, die direkt am Haus stand. Wenig weiter befand sich eine Tür, auf die er zuhielt. Neben dieser Hintertür stand ein schwarzer Buick.

SIE TRUGEN DUNKLE ANZÜGE UND KRAWATTEN UND NAHMEN BEIM EINTRETEN DIE HÜTE AB.

Der Fahrer des Buick war allein. Er war groß und schlank, etwa vierzig und hatte ein pockennarbiges Gesicht. Sein Name war Terry. Als er Rico sah, nickte er.

Terry stieg aus. Zusammen gingen sie zum Vordereingang und betraten den Club. Sie trugen dunkle Anzüge und Krawatten und nahmen beim Eintreten die Hüte ab.

Kein Gebäude ist einbruchssicher, wenn ein Profi den Bauplan in die Finger bekommt. In diesem speziellen Gebäude gab es ein paar grundlegende Schwachstellen, die das Syndikat nie bedacht hatte – doch dazu sollte es an diesem Abend Gelegenheit bekommen.

Die Seitentür. Sie führte in einen kurzen Flur und der wiederum zur Bar. Der Flur endete an einer Treppe, die nach unten ins Casino abging. Am Fuß der Treppe befand sich ein weiterer Flur. Rechts davon lag das Casino, geradeaus die Toilettentür. Hielt man sich rechts und betrat den Casinoraum, sah man, dass er voller unterschiedlicher Tische war. Entlang der Wand befanden sich vergitterte Schalterfenster. Wie in einer Bank - nur dass die Gitter bis zur Decke reichten.

Dahinter saßen Kassierer, die Schubladen voller Geld und Jetons. Hinter den Kassierern war eine Wand mit einer Tür. Wenn man sich umdrehte und zurück in den Flur ging, stellte man fest, dass sich Herrentoilette und Kassenraum eine Wand teilten, und dass besagte Tür in die Toilette führte. Diese Tür war immer verschlossen; man konnte sie von beiden Seiten nur mit Schlüssel öffnen. Jeder Kassierer hatte einen Schlüssel, den er bei Dienstschluss abgeben musste.

Dann das Büro: Es befand sich hinter den Schalterfenstern, links von der Herrentoilette. Die Tür zum Büro lag etwa zweieinhalb Meter links von der Toilettentür fürs Personal. Diese Tür war nicht verschlossen: Die Kassierer nutzen sie häufig: um Schecks einzulösen, Geld zu holen oder wegzubringen, wenn ihre Schicht anfing oder zu Ende war. Das Büro hatte keine Fenster, sondern eine Klimaanlage oben an der Außenwand. Die Tür zum Kassenraum war der einzige Zugang. Die drei Männer, die in dem Büro arbeiteten, waren bewaffnet.

Rico und Terry betraten den Club und verweilten lange genug an der Bar, um eine Flasche Bier zu trinken. Dann gingen sie hinunter in den Casinoraum. Sie betraten die Männertoilette. Beide verschwanden umgehend in einer Kabine und zogen sich Gummimasken über, die ihre Gesichter ganz bedeckten. Sie setzten ihre Hüte über die Masken und warteten. Gäste kamen und gingen.

Es dauerte vierzig Minuten, bis sie das Rasseln eines Kassiererschlüssels vernahmen. Sie lauschten, wie sich die Tür öffnete und schloss, sie hörten Schritte. Sie traten aus den Kabinen.

Beide hielten nun einen Revolver – eine kleine englische .32er. Der Kassierer war ein kleiner, kahlköpfiger Mann mit einer Brille, die das Licht spiegelte. Er trug ein weißes Hemd mit hochgekrempelten Ärmeln. Seine Unterarme waren dünn, blass und fast unbehaart.

Rico ging auf den Kassierer zu. „Umdrehen! Hände an die Wand". Dann klopfte er die Taschen des Mannes ab, bis er den Schlüssel fand. Sie brachten den Kassierer in eine Kabine, wo er niederknien musste. Rico schlug ihn bewusstlos und ließ ihn vorsichtig zu Boden gleiten. Wenn es keine Toten gab und keine Verletzten, die ins Krankenhaus müssten, würde dieser Überfall wohl nie aktenkundig werden. Der Clubbetreiber würde die Polizei nicht einschalten, sofern er es vermeiden konnte. Wenn der Coup sauber und ruhig über die Bühne ging, würde die Polizei nie davon erfahren.

Sie schlossen die Kabinentüren und gingen zu der Tür fürs Personal. Rico schloss auf und trat hindurch. Ihre rechten Hände hielten sie nun in der Hosentasche, die Revolver fest umklammert.

Zu ihrer Linken war ein langer Tisch. Dahinter lag die Tür zum Büro, vor ihnen der Tresen und die vergitterten Schalter. Alle drehten ihnen den Rücken zu, bis auf einen Kassier. Er saß links an dem Tisch, bediente eine Rechenmaschine und blickte herüber, als Rico und Terry durch die Tür kamen. Seine Augen weiteten sich. Als einziger konnte er ihre Masken sehen. Die übrigen Kassierer schauten in die andere Richtung, die Gäste und Croupiers hinter dem Gitter waren zu weit weg, um zu erkennen, was vor sich ging. Niemand, der durch das Schaltergitter zu dem dunklen Areal vor der Wand schaute, würde merken, dass diese blassen ausdrucklosen Gesichter gar keine Gesichter waren.

Leise sagte Rico zum Mann an der Rechenmaschine. „Komm her. Ganz nett und leise." Ein beständiger Strom von Geräuschen drang durch das Gitter herüber, Stimmengewirr und das Klackern der Jetons. Keiner der anderen Kassierer hörte Ricos Stimme.

ER ZOG DEN REVOLVER. „MEIN PARTNER HAT AUCH EINEN."

Der Mann an der Rechenmaschine stand auf. Er begriff nun und hatte Angst. Hinter seiner Brille blinzelte er nervös, hielt die Hände auf der Höhe des Hosenbundes verschränkt. Langsam kam er herüber.

Rico sagte: Stell dich vor mich". Er zog den Revolver. „Mein Partner hat auch einen."

Der Mann nickte zitternd.

„Wie heißt du?" Das war typisch Rico. Er wollte immer den Namen wissen. Er sagte, dass es Psychologie sei, das Opfer beruhige und von dummen Panikreaktionen abhielt. Aber das war nur eine Behauptung. Er wollte einfach den Namen wissen, nicht mehr.

„Stewart. Rob - Robert Stewart."

„Gut, Bob. Wir nehmen diesen Laden aus. Wir gehen es ruhig an, eure Gäste sollen nicht nervös werden. Wir wollen nicht, dass die Bullen herkommen und die Roulettekessel und all das sehen. Das willst du doch auch nicht, oder?

Stewart nickte wieder. Er starrte auf Ricos Mund und sah, wie sich die Lippen hinter der Maske bewegten und das Gummi flattern ließen.

„So, Bob, wir drei gehen jetzt ins Büro. Lächeln, Bob, ich will dich lächeln sehen."

Stewart verzog den Mund. Aus der Ferne mochte das als Lächeln durchgehen.

„So ist es gut. Nun schön weiterlächeln, wenn wir das Büro betreten." Rico verbarg den Revolver wieder in der Hosentasche. „Los geht's, Bob".

Sie gingen ins Büro, Stewart lächelte sein gezwungenes Lächeln. Terry schloss die Tür und lehnte

sich dagegen. Rico zog wieder den Revolver, schob Stewart zur Seite und sagte: „Will jemand den Helden spielen?"

Ein Mann kniete vor dem Tresor, die Hände voller Notenbündel. Ein anderer Mann saß am Schreibtisch und hielt einen Stift in der rechten Hand. Ein weiterer Mann trug an einem Tisch Zahlen in ein Kassenbuch ein. Alle drei blickten auf und erstarrten.

Der Mann am Tresor leckte sich immer wieder die Lippen und schaute auf die Tresortür. Er versuchte, den Mut aufzubringen, sie zuzuschlagen.

Rico richtete den Revolver auf ihn. „Du – wie heißt du?"

„Was?" Der Mann konzentrierte sich auf Waffe und Tür zugleich und hatte die Frage nicht verstanden.

„Dein Name. Wie heißt du?"

„J-Jim."

„Gut, Jim, stell dich aufrecht hin. So ist's gut. Jetzt zwei Schritte nach links. Sehr gut, Jim".

Rico zog zwei Segeltuchsäcke aus dem Mantel und gab sie Stewart. „Du machst folgendes, Bob", sagte er „Du gehst rüber und leerst den Tresor. Pack die ganze Kohle in diese Säcke.

Jim, du gibst Bob das Geld, das du da in der Hand hast. Und du ..." er richtete den Revolver auf den Mann am Tisch. „Wie heißt du?"

„Fred Kirk". Der Mann war schwer und hatte ein rotes Gesicht - vermutlich der Manager. Als einziger schien er keine Angst zu haben.

„Gut, Fred. Wenn dieses Telefon klingelt, sagst du, dass du gerade nicht telefonieren kannst. Dass du ein Problem hast. Und zurückrufst."

„Ihr kommt keine drei Meilen weit."

„Ruhig jetzt, Fred"

„Wisst ihr nicht, wem dieser Laden gehört? Ihr seid verrückt."

„Genug gequatscht, Fred. Zwing mich nicht, dich schlafen zu schicken. Du ...", er drehte sich zu dem Mann mit dem Kassenbuch um. „Wie heißt du, mein Freund?"

„Kelway. Stanley Kelway." Seine bebende Stimme war dünn und hoch.

„Bleib ruhig, Stan. Sitz einfach still da."

Stewart kam mit den nun prall gefüllten Segeltuchsäcken zurück, sie waren fast zu schwer für ihn. Er hielt sie Rico hin, doch der schüttelte den Kopf. „Nein, Bob, die trägst du. Fred, du wartest, bis Bob zurückkommt, bevor du Alarm schlägst. Sonst kommt er nicht wieder. Du willst keine Leiche auf dem Gelände, oder, Fred?"

Kirk schaute finster drein.

„Gut, Bob, gehen wir."

Terry ging voran und öffnete die Tür. Er trat schnell hinaus, wobei er sich nach beiden Seiten umschaute. Die Kassierer arbeiteten noch immer unbekümmert vor sich hin, mit dem Rücken zum Geschehen. Auf der anderen Seite des Gitters kümmerten sich Gäste und Croupiers um ihre jeweiligen Belange.

Terry hielt sich rechts. Stewart folgte mit den Säcken. Rico trat rückwärts durch die Tür, schloss ab und steckte den Revolver in die Tasche.

In der Herrentoilette waren zwei Gäste. Als sie die maskierten Männer sahen, hoben sie unaufgefordert die Hände. Rico schloss die Tür und sagte: „Bob hier ist ein Angestellter. Stimmt's, Bob?"

Stewart nickte.

„Bob kommt gleich zurück und wird alles erklären. Er möchte, dass ihr bis dahin hier bleibt und kein Aufsehen erregt. Zu eurem und seinem Besten. Richtig, Bob?"

Stewart nickte wieder.

„Ihr müsst eure Hände nicht hochhalten, Jungs. Bleibt einfach hier und wartet. Es dauert nur ein paar Minuten. Wenn ihr zu schnell abhaut, werdet ihr vielleicht erschossen."

Terry, Rico und Stewart verließen die Herrentoilette, gingen durch den Flur und die Treppe hoch. Terry öffnete die Seitentür, prüfte, ob die Luft rein war und nickte Rico zu. Bei der Arbeit sprach er nur, wenn es nötig war. Rico übernahm das Reden für beide.

Rico nahm Stewart die beiden Säcke ab. „Gut, Bob. Das hast du wirklich gut gemacht. Du kannst wieder runtergehen."

Stewart eilte nach unten. Die Schultern hatte er eingezogen, als fürchte er, doch noch erschossen

zu werden. Rico und Terry gingen zum Buick und stiegen ein. Rico setzte sich hinters Steuer, Terry neben ihn. Die Segeltuchsäcke standen zwischen Terrys Beinen auf dem Boden. Rico stieß rückwärts aus der Parklücke und hielt auf den Highway zu. Beide hatten noch ihre Masken auf.

Terry drehte sich um und schaute zum Club. Als sie die Straße erreichten, flog die Seitentür auf, und vier Männer stürmten heraus. Zwei von ihnen gestikulierten wild in Richtung Buick. Terry sagte: „Sie haben uns entdeckt".

„Schön für sie" antwortete Rico. Er riss das Steuer herum, der Buick schoss nach links und den Highway hinunter. Hinter ihnen quetschten sich die vier Männer in einen Chrysler Imperial.

Rico trat aufs Gas, der Buick zog an. Er schaltete die Scheinwerfer aus, als er die Tankstelle sah.

„Da kommen sie, Rico."

„Klar."

Rico riss das Steuer herum, schaltete die Zündung aus und ließ den Buick lautlos neben den orangefarbenen Volkswagen gleiten.

Bevor er zum Stehen gekommen war, waren sie bereits aus dem Buick. Sie griffen sich die Säcke und warfen sie zwischen die Sitzbänke des Volkswagens. Hüte und Masken folgten. Dann hechteten beide in das Auto und schlugen die Türen zu.

Der Chrysler Imperial raste vorbei und fuhr etwa hundert Meter weiter, bis die Bremsen quietschten. Rico ließ den VW an, vollzog eine scharfe Wendung und brauste Richtung Stadt.

Das Auto schaltete nicht wie ein Volkswagen und jenseits der 95 Stundenkilometer klang er auch nicht mehr wie einer.

Zwei weitere Wagen kamen vom Kakadu-Club angeprescht und rauschten vorbei, ohne einen Blick auf das kleine orangefarbene Auto zu werfen. Jeder weiß, dass ein VW nicht als Fluchtwagen taugt. Rico hatte den VW nicht für diesen Coup organisiert. Doch kurz bevor er das Auto abgeholt hatte, war Parkers Brief angekommen, mit der Aufforderung, das Syndikat anzugreifen. Der Kakadu-Club war Rico seit sieben Jahren ein Dorn im Auge. Er war erleichtert gewesen, dass er einen guten Grund geliefert bekam loszuschlagen. Er integrierte den VW in den Plan, den er für den Casino-Coup vorbereitet hatte, holte Terry ins Boot und zog die Sache sofort durch - bevor Parker ihm erzählen könnte, dass sein Problem gelöst war.

Er fuhr weiter, zufrieden mit Parker, zufrieden mit dem Coup und mit der Welt. Am Morgen lag der Club 600 Kilometer hinter ihnen. Sie hielten an, um nachzuzählen, wie viel sie erbeutet hatten.

Del Mar

AM NÄCHSTEN TAG

Die Sache funktioniert so:

Ein Pferdewettbüro berechnet mit einer Reihe komplexer Faktoren die Chancen eines Pferds. Diese „Quote" ist der Versuch vorherzusagen, mit welcher Wahrscheinlichkeit das Pferd gewinnen wird.

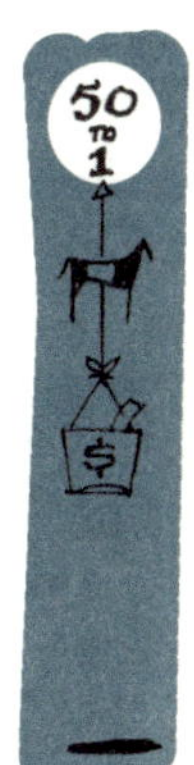

Ein Favorit ist ein Pferd, das mit einer sehr hohen Quote in den Renntag geht. Wenn genügend Leute auf den Favouriten setzen, sinken Quote und potenzieller Gewinn.

Auf der Straße werden illegale Wetten vom Syndikat kontrolliert. Man schließt sie beim ortsansässigen Buchmacher ab.
Bisweilen setzen zu viele Leute auf den Favouriten. Dann muss der Buchmacher zu viele Wetten auf ein Pferd annehmen.
Weil illegale Einsätze die Quote nicht beeinflussen, verliert der Buchmacher sein letztes Hemd, falls das Pferd gewinnt.
Seine Lösung? Er addiert alle Wetten auf das Pferd und „verschiebt" sie mit einem großen Einsatz auf einen größeren Buchmacher. Wenn das Pferd gewinnt, bezahlt er seine Kunden mit dem Gewinn. Wenn das Pferd verliert, reicht er die Einsätze seiner Kunden an den großen Buchmacher weiter.
BIG BOOKIE ACRES
BIG BOOKIE ACRES
Hin und wieder, wenn auch dem großen Buchmacher der Ansturm auf ein Pferd zu groß ist, verschiebt er seine Wetten an ein Kommissionshaus des Syndikats.
Das Kommissionshaus ist ein großer, regionaler Über-Buchhalter, der großen Buchmachern landesweit solche Riesendinger abnimmt.
ACME COM
Im sehr seltenen Fall, dass der Wirbel um ein Pferd das Kommissionshaus nervös macht, gibt es nur einen Ort, an den es seine Einsätze verschieben kann …
ACME COMMISSION HOUSE

... die Rennbahn selbst. Das ist ein gutes Verfahren, weil das Kommissionshaus so alle Einsätze auf einmal abdecken kann. Zudem würde diese große Investition die Quote des favorisierten Pferdes vor dem Rennen runterbringen. Alles, was man für diese Verfahrensweise braucht, ist ein „Mittelsmann", eine große Summe Bares und ein geeignetes Depot.
Del Mar
G
Etwa eine Tankstelle.
Das Syndikat kauft eine Tankstelle und setzt seinen Mittelsmann dort ans Telefon. In einem kleinen Safe im Büro befinden sich jederzeit etwa 30.000 Dollar.
HYDRA MATIC
Es können Wochen vergehen, ohne dass ein solcher Einsatz nötig wird. Dann verbringt der Mittelsmann die meiste Zeit damit, Zeit totzuschlagen ...
HYDRA MATIC
Z
DRRING
... bis der Moment panischen Schreckens kommt.
HYDRA MATIC
Vier Riesen auf Flossie Billie auf der sechsten.
Der Tankwart hat die Kombination zum Safe. Schnelligkeit ist gefragt, damit der Mittelsmann nicht den Anfang des Rennens verpasst.
BEEIL DICH, ZUM TEUFEL!
BLEIB LOCKER.

Salsa stammte aus Kuba und hatte sich auf Raub spezialisiert. Er war Revolutionär gewesen und Gigolo. Mittlerweile lebte er von bewaffneten Überfällen. Als er sah, dass ein Anruf einging, ließ er seinen Dodge an.
ARK
Seit Parkers Brief hatte er die Tankstelle beobachtet. Vor zwei Jahren hatte er hier getankt und erkannt, dass der Laden als „Wettschiebe"-Klitsche diente. Als er auf die Tankstelle zubrauste, zog er eine Maske über.
G
Die beiden Hampelmänner wussten nicht, wie ihnen geschah.
Alles, woran sie sich erinnerten, war, dass Frankenstein sie überfallen hatte.

Queens

AM GLEICHEN TAG

Die Sache funktioniert so:

Das Syndikat kaufte Heroin von einem Betrieb in Miami. Das Heroin kam per Boot, doch sie brauchten eine einfache, sichere Möglichkeit, größere Summen Bares von New York nach Miami zu schaffen. Ein Mann namens Carter hatte eine Idee. Er ließ einen besonderen Schneider vier besondere Anzüge anfertigen.

Die Anzüge glichen einander bis ins Detail, bis hin zu den versteckten Taschen, die in das Futter der Anzugjacken eingenäht waren.

Einmal im Monat zog Eric La Renne einen braunen Anzug an, in den 75.000 Dollar genäht waren und nahm den Flug nach Miami.

Er erhielt einen Anruf, packte und ging in seinem braunen Anzug zu Argos Imports. Zehn Minuten später kam er im gleichen Anzug heraus. So jedenfalls sah es aus.

Drinnen hatte La Renne Jacken getauscht und trug nun die mit dem eingenähten Geld. Dann ging es zum Flughafen. La Renne war ideal für den Job.

Vor zwei Jahren war La Renne erkrankt - erst Blinddarm, dann Lungenentzündung - und konnte die Tour nach Miami drei Monate lang nicht übernehmen.

Arnie Strand trug ebenfalls 36 in kurz, und für drei Monate übernahm er die Tour. Arnie war verheiratet und hatte oft seinen Schwager zu Besuch.

Fred Parnell fuhr Stockcar-Rennen. Arnie hielt den Mann seiner Schwester für ein prahlerisches Großmaul. Doch als Arnie mit reichlich Bier intus von den 75.000 Dollar erzählte, war Parnell ganz Ohr.

Beide zogen aus ihrer Wohnung aus. Wycza ging nach New York und nahm sich ein Zimmer in einer Absteige vis-á-vis von La Rennes Wohnung. Parnell zog nach Miami und suchte sich ein Motel nahe am Flughafen.

Acht Tage vergingen. Sie waren kurz davor aufzugeben. Jeden Morgen musste Wycza die Fluggesellschaft anrufen und ein Ticket unter falschem Namen reservieren.

Am neunten Tag hatte La Renne den braunen Anzug an. Wycza gab schnell telefonisch bei Parnell durch, dass es losging.

Wycza schnappte seinen Mantel unc nahm ein Taxi zu Flughafen. Sein e ziges Gepäckstüc war ein Aktenkoffer.

Er war ein Syndikatstyp, lebte in der richtigen Stadt, und was am wichtigsten war: ihm passte Kleidergröße 36 in Kurz.
Der Mann am Zielort hieß Marv Hanks und besaß die gleichen herausragenden Eigenschaften.
YOINK
Sie trafen sich im Flughafencafe oder im Warteraum und tauschten unauffällig Jacken. Beide wussten nicht, wofür das Geld war und beide waren klug genug, nicht neugierig zu sein. So hatte die Sache über fünf Jahre funktioniert.
Arnie erläuterte Parnell die Sache. Nach ein paar Rückfragen wusste der, wie es lief. Parnell war Rennfahrer, doch er hatte noch einen Nebenjob, von dem Arnie nichts wusste.
BANK
Ein paar Mal im Jahr fuhr er für Männer wie Parker. Mit dem Geld aus den Überfällen finanzierte er seine Rennautos.
Als Parnell Parkers Brief bekam, erinnerte er sich an Arnies Geschichte. Das Problem war, dass Parnell nur Fahrer war.
Also erzählte er Dan Wycza davon, einem Ex-Ringer und Schläger, mit dem Parnell bei vier oder fünf Coups gearbeitet hatte. Wycza war dabei. Die beiden einigten sich und planten die Sache.
Er war vor La Renne da, kaufte sein Ticket und kundschaftete den Flugsteig aus. Als La Renne ankam, heftete er sich an seine Fersen.
Der Flug war fast ausgebucht, und so wirkte es nicht seltsam, dass er sich neben La Renne setzte. Den Aktenkoffer behielt er auf dem Schoß.
Den Flug über döste Wycza. Er wachte auf, als der Pilot zur Landung ansetzte. Es war Zeit, La Renne zu ködern.
Der Moment, an dem die Sache interessant wurde ...

?
HEY, KUMPEL...
SIEH DIR DAS AN.
HIER DRINNEN.
HIMMEL!
KEINE PANIK, LA RENNE.
ICH KONNTE MICH NICHT FRÜHER ZU ERKENNEN GEBEN. NUR FÜR DEN FALL.
FÜR DEN FALL?
WELCHEN FALL?
FÜR DEN FALL, DASS HANKS 'NEN KOMPLIZEN HAT.
WIR HABEN WENIG ZEIT.
DU UND ICH, WIR GEHEN AN HANKS VORBEI. DRAUSSEN WARTET EIN AUTO AUF UNS. DIESMAL LIEFERST DU DAS GELD SELBST AB.
ABER... ABER ICH MUSS BALD ZURÜCKFLIEGEN.
ABER-
WIR RECHNEN DAMIT, DASS DU MIR NICHT GLAUBST. WENN WIR IM TERMINAL SIND, GEHST DU ZU HANKS UND HÄLTST IHN HIN.
DU BIST RECHTZEITIG ZURÜCK.
ICH MUSS MAL TELEFONIEREN.
WIR SEHEN UNS IM CAFE.
?
TELEPHONES
PSST!
HEY, HANKS.

ANKS?
DU WEISST SCHON.
ICH WEISS NICHT, WOVON SIE SPRECHEN.
DIE 75 RIESEN.
IM MANTEL.
WAS?
WER ZUM TEUFEL SIND SIE?
SEI LEISE.
ICH BIN DEIN LEIBWÄCHTER.
NEIN!
WIR WISSEN, DASS HANKS MIT DER KOHLE DURCHBRENNEN WILL.
ER WÄR VERRÜCKT–
IN EINEM MONAT HÄTTEN SIE IHN ...
HÖR ZU!
DANN RUFST DU DEN BOSS AN UND ÜBERPRÜFST, OB ICH LÜGE.
VERHALTE DICH, ALS WÄRST DU ALLEIN. HALTE HANKS HIN UND RUF DEN BOSS AN.
ICH WEISS NICHT ...
TERMIN
WENN HANKS ÄRGER MACHT, GIB MIR EIN ZEICHEN.
VERSTANDEN?
OKAY, OKAY.
WO SIND DIE ANDEREN?
SIE VERWECHSELN MICH, MEIN FREUND.
DU BIST HANKS, ODER?
WO SIND DIE ANDEREN? WILLST DU, DASS ER SICH ABSETZT?
WAS?
WER?
LA RENNE! HABT IHR KEIN TELEGRAMM BEKOMMEN?
HÄ?
OH, ZUR HÖLLE. LA RENNE WILL MIT DER KOHLE ABHAUEN. HABEN WIR EBEN RAUSGEFUNDEN.

WO STECKT LA RENNE JETZT?
LOS, SCHNELL.
HINTEN BEI DEN TELEFON-ZELLEN.
RUFT WOHL 'NEN KOMPLIZEN AN. GIBT'S NOCH MEHR ZELLEN HIER?
TELEFONZELLEN, ZUM TEUFEL.
HÖREN SIE...
BEI DEN SCHLIESS-FÄCHERN, ABER...
KEINE ZEIT!
RUF DEN BOSS AN UND FORDERE EIN PAAR MÄNNER AN. ALLEIN SCHAFF ICH'S NICHT. SCHNELL! ICH DARF LA RENNE NICHT VERLIEREN.
SIR, ICH RUFE WEGEN DER SACHE MIT HANKS AN.
DIE SACHE, SIR. IHR LEIBWÄCHTER HAT MICH IM FLUGZEUG AUFGEKLÄRT.
... HABEN SIE NICHT?
SIR, ICH GLAUBE ...
AAAHHHH!
CRU
Während Hanks und sein Boss einander verwirrten, verließ Wycza locker und entspannt das Gebäude, die Jacke in seiner Aktentasche.
Parnell saß startklar in einem Sportwagen auf dem Parkplatz. Wycza legte die Tasche in den Kofferraum und stieg ein.
Als La Renne zu sich kam, war Hanks nicht meh am Telefon.

OH, MIST.
TELEP
MR. FAIRFAX? HIER SPRICHT ERIC LA RENNE.
JA, LA RENNE VON DER MIAMI-TOUR.
JA, MARV HIER.
VERBIND' MICH MIT DEM BOSS.
EPHONES
TELEPHONES
JA, BOSS?
ICH BIN'S, MARV. HABEN SIE EIN TELE-GRAMM GE-KRIEGT?
NEIN, BOSS. AUS NEW YORK.
OH.
Sie suchten das Gebäude ab, doch der Fremde mit dem Aktenkoffer war längst weg.
Parnell fuhr sie ins Motel. Die Fahrt verlief reibungslos.
Nach einem Bier zur Feier des Tages teilten sie die Beute. Wycza sprach vom Reisen. Parnell erzählte ihm von dem neuen Auto, das er bauen wollte.

Manhattan

ZWEI TAGE SPÄTER

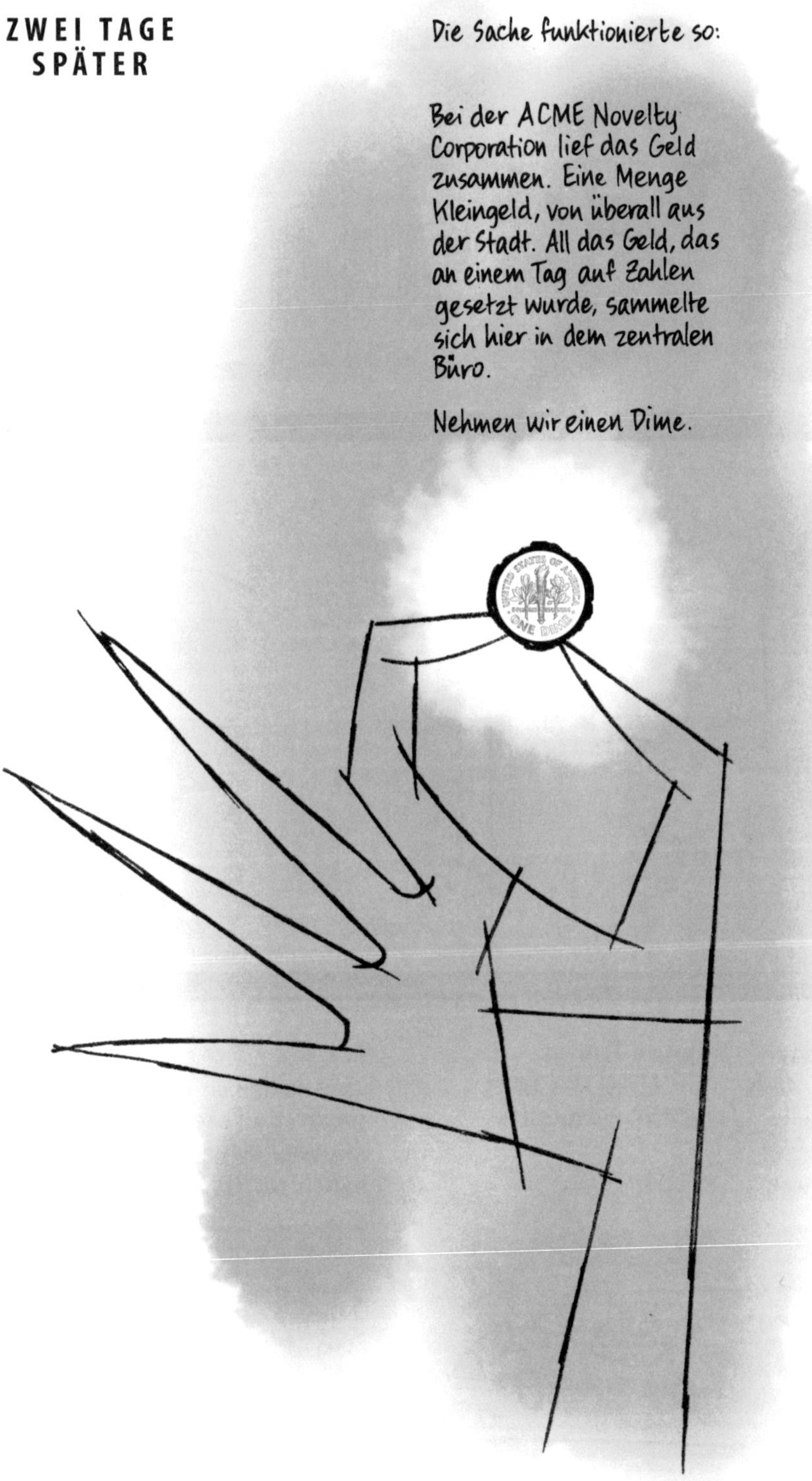

Eine Frau geht in einen Zeitschriftenladen und sagt dem Mann hinter der Theke, dass sie zehn Cent auf die Nummer 734 setzen will.
Wenn die 734 gewinnt, erhält sie sechzig Dollar. Die Chancen liegen bei 1 zu 999, doch gewinnen würde sie das Sechshundertfache.
Der Ladenbetreiber schreibt 734 und darunter 10 Cent auf zwei Zettel. Einen gibt er der Frau, den anderen deponiert er in einer Zigarrenkiste unter dem Tisch.
734 10¢
734 10¢
ROI-TAN
ROI-TAN
THE CIGAR THAT BREATHES
Er legt die 10 Cent in die Kasse, und dreht auf –
KEIN VERKAUF
Um drei Uhr stellt sich seine Frau hinter die Ladentheke, während er die Zigarrenkiste nach hinten nimmt und die Beträge aller Zettel addiert.
Die Summe beträgt
18.60
Er steckt die Zettel in einen Umschlag, öffnet die Kasse und nimmt einen Zehner, einen Fünfer, drei Dollar-Noten, zwei Quarter und einen Dime raus. Das Geld steckt er zu den Zetteln in den Umschlag.

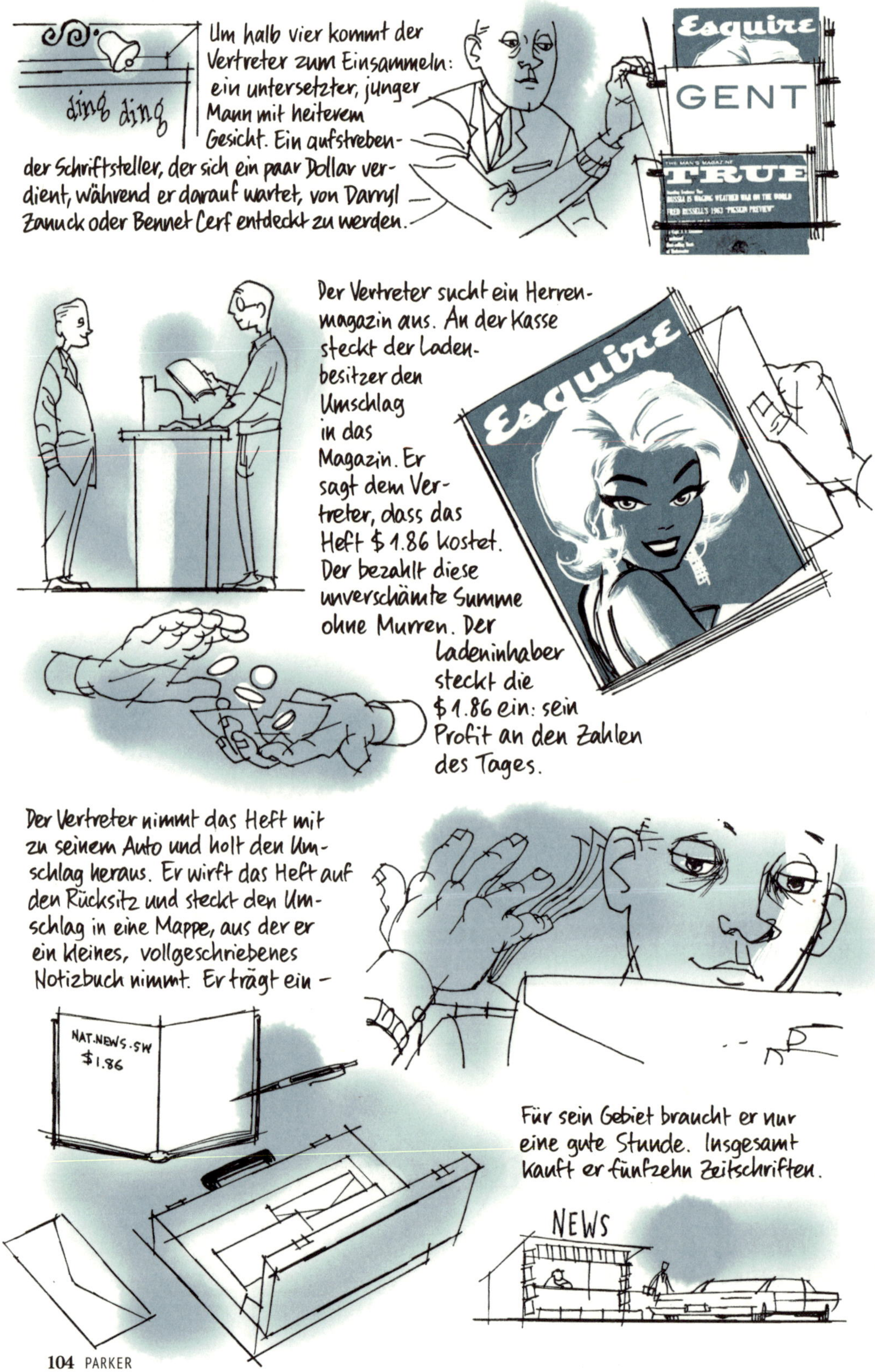

ding ding
Um halb vier kommt der Vertreter zum Einsammeln: ein untersetzter, junger Mann mit heiterem Gesicht. Ein aufstrebender Schriftsteller, der sich ein paar Dollar verdient, während er darauf wartet, von Darryl Zanuck oder Bennet Cerf entdeckt zu werden.
Esquire
GENT
THE MAN'S MAGAZINE
TRUE
Der Vertreter sucht ein Herrenmagazin aus. An der Kasse steckt der Ladenbesitzer den Umschlag in das Magazin. Er sagt dem Vertreter, dass das Heft $ 1.86 kostet. Der bezahlt diese unverschämte Summe ohne Murren. Der Ladeninhaber steckt die $ 1.86 ein: sein Profit an den Zahlen des Tages.
Esquire
Der Vertreter nimmt das Heft mit zu seinem Auto und holt den Umschlag heraus. Er wirft das Heft auf den Rücksitz und steckt den Umschlag in eine Mappe, aus der er ein kleines, vollgeschriebenes Notizbuch nimmt. Er trägt ein –
NAT.NEWS.SW
$1.86
Für sein Gebiet braucht er nur eine gute Stunde. Insgesamt kauft er fünfzehn Zeitschriften.
NEWS

Dann fährt der Vertreter zum Kenilworth-Gebäude und parkt das Auto auf dem benachbarten Parkplatz, wo er es am Morgen geholt hatte.
PARK
KENILWORTH
Er nimmt den Aufzug in den siebten Stock und trägt seine Mappe in die Büros der ACME NOVELTY CORPORATION. Er lächelt die Empfangsdame an, die ihn nie eines Blickes würdigt, und geht durch die Tür auf der rechten Seite.
Drinnen sitzt ein blasser Mann an einer Rechenmaschine. Erst addiert er die Einträge in dem Notizbuch, das ergibt $ 32,31. Die Zettel sind als nächstes dran: in der Summe $ 323,10. Alles geht auf.
=$323.10=
Von diesem Geld bekommt der Vertreter $ 32,31 – soviel, wie er für die Zeitschriften ausgegeben hat. Der blasse Mann gibt ihm zudem …
… den Tageslohn fürs Einsammeln.
Durchschnittlich verdient er $ 15 am Tag mit nur einer Stunde Arbeit. Zufrieden geht der junge Mann nach Hause an seine einsame Schreibmaschine.

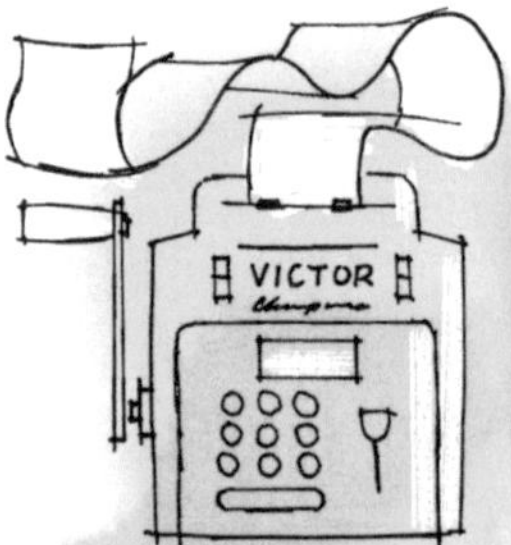

Nun holt der blasse Mann ein Geschäftsbuch hervor und trägt jede Wette ein: den Betrag neben der Nummer und den Ort, wo er eingezahlt wurde. Zur Kontrolle addiert er alles noch einmal und erhält die korrekte Gesamtsumme. Inzwischen ist ein anderer Vertreter gekommen. Der blasse Mann ist einer von sechs Leuten bei ACME Novelty, die sich um die Belege von jeweils fünf Vertretern kümmern.

Damit haben sie etwa von 16 bis 18 Uhr zu tun. Jeder von ihnen nimmt etwa $ 1500 am Tag ein.

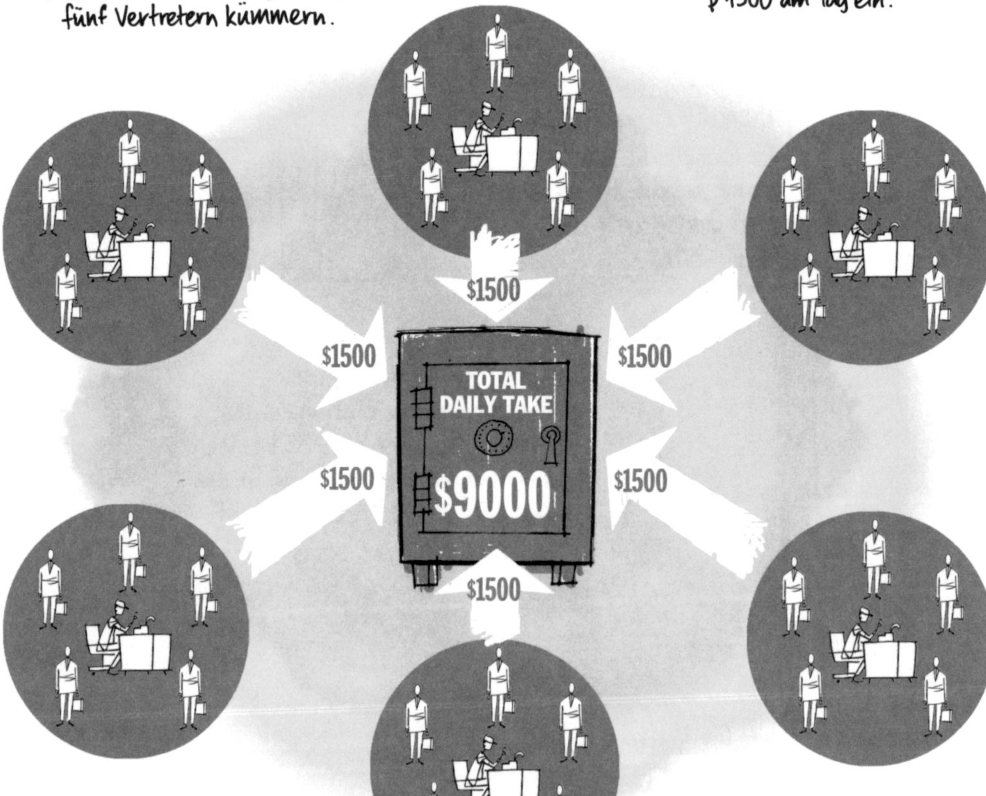

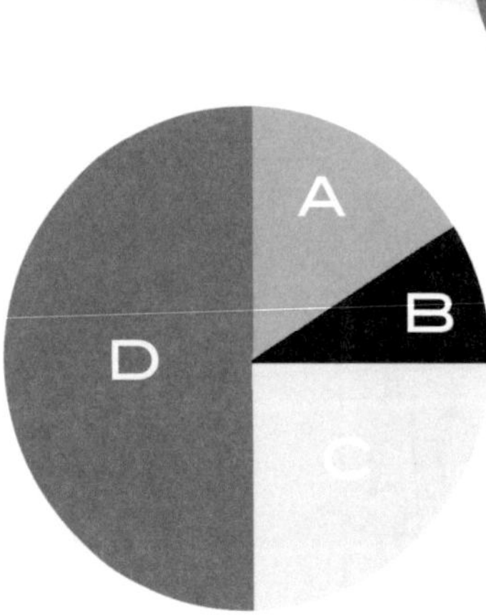

Die 9000 Dollar setzen sich so zusammen

A LOHN DER VERKÄUFER UND FIXKOSTEN

B POLIZEIBEAMTE UND AMTSTRÄGER

C SYNDIKAT VOR ORT

D SYNDIKAT IN CHICAGO

An diesem speziellen Tag lagern über 70.000 Dollar im Safe.

Dann klingelte der Postbote.
EINEN SCHÖNEN GUTEN TAG!
?
!
VERZEIHUNG, MISS ...
ABER SIE MÜSSEN GANZ STILL SEIN. VERSTANDEN?
ACME NOVELTY CORPORATION
SO IST ES GUT, DANKE.
WIR BRAUCHEN NICHT SEHR LANGE.

EINFACH SITZENBLEIBEN UND GUT AUSSEHEN. OKAY? SO IST'S GUT.
BIN GLEICH ZURÜCK, OKAY?
UND? WAR DOCH GANZ LEICHT.
LASS DAS DEINEN GLAUBEN AN DIE MENSCHHEIT NICHT ERSCHÜTTERN.
EXIT
Sie gingen mit dem Postsack und ihren Instrumentenkoffern voller Geld. Auf der Straße trennten sie sich. Jeder lief auf anderem Weg zu einem schwarzen Sedan, der vier Blocks entfernt stand. Vierzig Minuten später, im Motel, nahmen die Musiker ihre Bärte ab, und der Postbote seinen Schnurrbart. Dann holten sie Stifte und Papier raus und teilten 61.323 Dollar auf.
GREENGLEN
MOTEL
KLAPPE, GROFELD.

Sie hatten fünf Dime im Tresor gelassen.
Einer davon stammte von unserer Frau.

Eine Million Dollar. Ein verdammt schlagkräftiges Argument, das Karns nutzen würde, um Bronson abzuservieren.

Wenn es nur um Parker ginge, wäre das halb so schlimm. Mit Parkers Kopf auf einem Tablett bei dem Treffen zu erscheinen würde Karns das Maul stopfen. Doch es war nicht nur Parker. Vier Coups an einem Tag, übers Land verteilt. Das war nicht nur Parker, das waren Parker und seine verfluchten Freunde.

Die Sache Fairfax anhängen? Vielleicht wäre das die Lösung. Der Schlamassel hatte in New York begonnen, in seinem Gebiet. Fairfax hatte Parker getroffen und ihn entwischen lassen.
Zudem hatte er Parker vergebens eine Falle in Canarsie gestellt.
Also gut. Ein Treffen ansetzen und Fairfax Karns zum Fraß vorwerfen. Bronson hatte Fairfax nie leiden können. Die Sache hatte ihr Gutes. Sie holte Karns aus der Reserve. Während der sich mit Fairfax beschäftigte, würde Bronson sich um Parker kümmern.
KNOCK KNOCK
QUILL IST DA, MR. BRONSON.
Quill. Er zählte zur nächsten Generation. Mit seiner Brille und der Mappe voller Akten sah er aus wie ein FBI-Agent, nicht wie vom Syndikat. Wenn er meine Hand schütteln will, dachte Bronson gehässig, stoße ich ihn die Treppe runter.

'N ABEND, QUILL.
'N ABEND, SIR. EIN ECHTER SCHLAMASSEL, DIESE KAKADU-SACHE. ICH DENKE, EINIGE ERGEBNISSE MEINER ERMITTLUNGEN WERDEN SIE ÜBERRASCHEN.
KAKADU IST SCHNEE VON GESTERN, QUILL. WIR SIND ZEHNMAL ÜBERFALLEN WORDEN.
GENAU GENOMMEN, SIR ... ZWÖLFMAL IN DEN LETZTEN ZEHN TAGEN.
DIESER HURENSOHN VON PARKER.
IN DER TAT, SIR. DÜRFTE ICH ...?
Quill breitete einen Grundriss des Clubs aus und rekonstruierte den Überfall. Trotz Bronsons Widerwillen weckte Quills Vortrag sein Interesse.
ICH HABE AUSSAGEN VON FAST ALLEN ANGESTELLTEN DES KAKADU-CLUBS. DIE KÖNNEN SIE SICH SPÄTER ANSCHAUEN.
ICH GEHE ERST MAL NUR AUF DIE KERNPUNKTE EIN.
ERSTENS: KEINER IM CLUB HAT EINEN BEWAFFNETEN ÜBERFALL DURCH ERFAHRENE, INTELLIGENTE PROFIS FÜR MÖGLICH GEHALTEN.
ZWEITENS: DER CLUB WAR NICHT AUF EINEN ÜBERFALL VORBEREITET. BEVOR DER MANAGER AUF DIE IDEE KAM, UNS EINZUSCHALTEN, VERGINGEN STUNDEN.
DRITTENS: DAS PERSONAL HAT WIE DIE BELEGSCHAFT EINER LEGITIMEN FIRMA REAGIERT. IHNEN WAR NICHT KLAR, DASS SIE AUSSERHALB DER GESELLSCHAFT STEHEN – ABER DAS SOLLTE IHNEN IMMER KLAR SEIN.

MOMENT - ICH KANN NICHT FOLGEN.
WAS ICH SAGEN WILL: SIE SEHEN SICH NICHT ALS KRIMINELLE.
WAS ZUM TEUFEL SOLL DAS GENAU HEISSEN, QUILL?
SIE GEHEN EINEM BROTERWERB NACH, SIE ZAHLEN EINKOMMENSSTEUER UND SIND SOZIALVERSICHERT, ARBEITEN ALS KELLNERIN ODER BUCHHALTER. SIE WISSEN, DASS IHR ARBEITGEBER IN KRIMINELLE MACHENSCHAFTEN VERSTRICKT IST. DOCH WELCHER MODERNE KONZERN IST DAS NICHT?
WIE KONNTE ES DAZU KOMMEN?
DADURCH, DASS DAS SYNDIKAT SEIT JAHREN NACH LEGITIMITÄT STREBT, HAT ES EINE GENERATION VON ANGESTELLTEN, NICHT KRIMINELLEN GESCHAFFEN.
VERSTEHE. SIE SAGEN, WIR SIND VERWEICHLICHT. WAS SOLLEN WIR TUN? 'NE IDEE?
SOGAR MEHRERE, SIR.
GUT, QUILL. DIE SPRECHEN WIR MORGEN FRÜH DURCH.
GUTE NACHT.
HIMMEL.
FRÜHER WAREN WIR WIE PARKER HEUTE.
Bronson grübelte. Was zum Teufel war passiert? Er konnte sich an die Zwanziger erinnern. Alles war anders gewesen. Hatten damals Leute vom Syndikat Mappen voller Aussagen herumgeschleppt?
Er fragte sich, wo Parker in diesem Moment war. Er fragte sich, ob seine Leibwächter irgendetwas taugten. Sie hatten es nie beweisen müssen. Ihm lief ein leiser Schauder über den Rücken.

Die Tür zur Diele stand offen. Dort stand ein Mann. Bronson hatte ihn noch nie gesehen, doch er wusste sofort: Es war Parker.

Er war nicht einmal überrascht.

BUCH VIER

MEINE GÜTE, PARKER, MACH DAS LICHT AN.
BIST DU EIN MAULWURF?
GREEN
MOT
HOURLY RATES

HIER IST'S WIE IN 'NER GRUFT.
ICH DACHTE, HANDY IST BEI DIR.
NOCH NICHT. SETZ DICH.
KOMM, TRINK WAS. HAIG AND HAIG, FRISCH VOM SCHIFF.
WILLST DU EIS?
ICH HOL EIS, WENN DU MAGST.
LASS GUT SEIN.
ZUM WOHL.
HRMF.
EIN GRIESGRAM BIST DU. ICH KANN MICH NICHT AN DEIN NEUES GESICHT GEWÖHNEN. IST NOCH SCHLIMMER ALS DAS ALTE.
DANKE.

Madge führte das Green Glen Motel. Sie war in ihren Sechzigern, eine der wenigen Huren, die sich mit Geld auf der hohen Kante zur Ruhe gesetzt hatte.

Das Motel sorgte für ein moderates Einkommen und gab ihr etwas zu tun. Auch blieb sie indirekt mit ihrem alten Gewerbe verbunden, die meisten Zimmer vermietete sie stundenweise.

Parker, Handy und Grofeld hatten das Green Glen als Basis genutzt, um sich auf den ACME-Novelty-Coup vorzubereiten.

Der Überfall war perfekt gelaufen, der Verlust würde das Syndikat schmerzen. Nach dem Aufteilen der Beute war Grofeld ins Vorgebirge der Rockys zurückgefahren.

Parker hatte Handy in den Buffalo-Plan eingeweiht. Doch nun, da er auf ihn wartete, musste er Madge zuhören. Er fragte sich, halb im Scherz, ob das die Sache wert war.

ICH HOL DIR EIN GLAS.
KLINGT GUT.
JETZT NICHT, MADGE.
GESCHÄFTE ... IMMER GEHT'S BEI PARKER UMS GESCHÄFT. KOMMT SPÄTER INS BÜRO, DANN BETRINKEN WIR UNS.
NA KLAR, MADGE.
SIE IST EIN ECHTES GOLDSTÜCK.
SIE REDET ZU VIEL.
ALSO, WORUM GEHT'S IN BUFFALO?
ES GEHT UM KEINEN COUP, SONDERN UM 'NE OFFENE RECHNUNG. ICH BRAUCHE UNTERSTÜTZUNG.
ICH HABE EINEN DEAL MIT DEM VIZEBOSS DES SYNDIKATS GEMACHT. WENN SEIN BOSS PLÖTZLICH STIRBT, WIRD ER SICH ERKENNTLICH ZEIGEN.
Parker erzählte Handy von Skims Auferstehung, den Three Kings und seinem Gespräch mit Karns.
MACH MIT UND DU KRIEGST DIE BEUTE VOM THREE KINGS UND WAS AUCH IMMER WIR VON BRONSON HOLEN.
ICH WAR BEIM THREE KINGS NICHT DABEI. WARUM WILLST DU TEILEN, HM?
DAMIT ES SICH FÜR DICH LOHNT.

BEHALT DIE KOHLE, PARKER. WIR KENNEN UNS SEIT JAHREN.
DU HAST MICH BEI ACME NOVELTY INS BOOT GEHOLT. JETZT BIN ICH UM DER ALTEN ZEITEN WILLEN DABEI.
DAS GEFÄLLT MIR NICHT. WIR MACHEN HALBE-HALBE.
SCHÖN.
ICH KANN DAS GELD FÜR MEIN DINER BRAUCHEN.
WANN ZIEHEN WIR'S DURCH?
WIR BRECHEN MORGEN AUF NACH BUFFALO.
ICH SCHAU BEI MADGE VORBEI.
KOMMST DU MIT?
NICHT HEUTE.
Handy machte ihm Sorgen: sich in ein Diner einzukaufen und aus Gefühlsduselei bei einem Coup mitzumachen.
Parker besaß nichts, und die Männer, die er kannte, waren genau das: Männer, die er kannte.
Wenn ein Mann wie Handy sich plötzlich nach Besitztümern und Freundschaften sehnte, hieß das, dass er seine Geschmeidigkeit verlor.
Ein schlechtes Zeichen.

Am nächsten Morgen verabschiedeten sich Parker und Handy von Madge und machten sich auf zur Interstate.
INVESTIGATION
In Syracuse aßen sie zu Mittag und deckten sich mit Vorräten ein.
Um zwei Uhr schauten sie bei Amos Klee vorbei, einem ortsansässigen Detektiv, der mit Waffen handelte. Für hundertdreißig kriegten sie zwei Revolver. Eine Iver Johnson 66 Snub und einen 38er Colt. Klee legte Munition drauf und bot an, beide später für Fünfzig zurückzukaufen.
Im Eisenwarenladen holten sie Seile, Lampen, Klebeband und Plastikplanen.

Sie erreichten Buffalo in der frühherbstlichen Dämmerung und machten Bronsons Haus ausfindig. Es lag abgelegen, gegenüber einem großen, öffentlichen Park. Bronson schien nicht mit Parker zu rechnen. Das Haus lag völlig offen da.
Sie checkten in einem Niagara-Falls-Hotel ein und entschieden, dass Parker die erste Schicht übernahm. Er ließ Handy schlafen. Um zehn Uhr abends war er zurück in Bronsons Straße.
Horseshoe
MOTEL

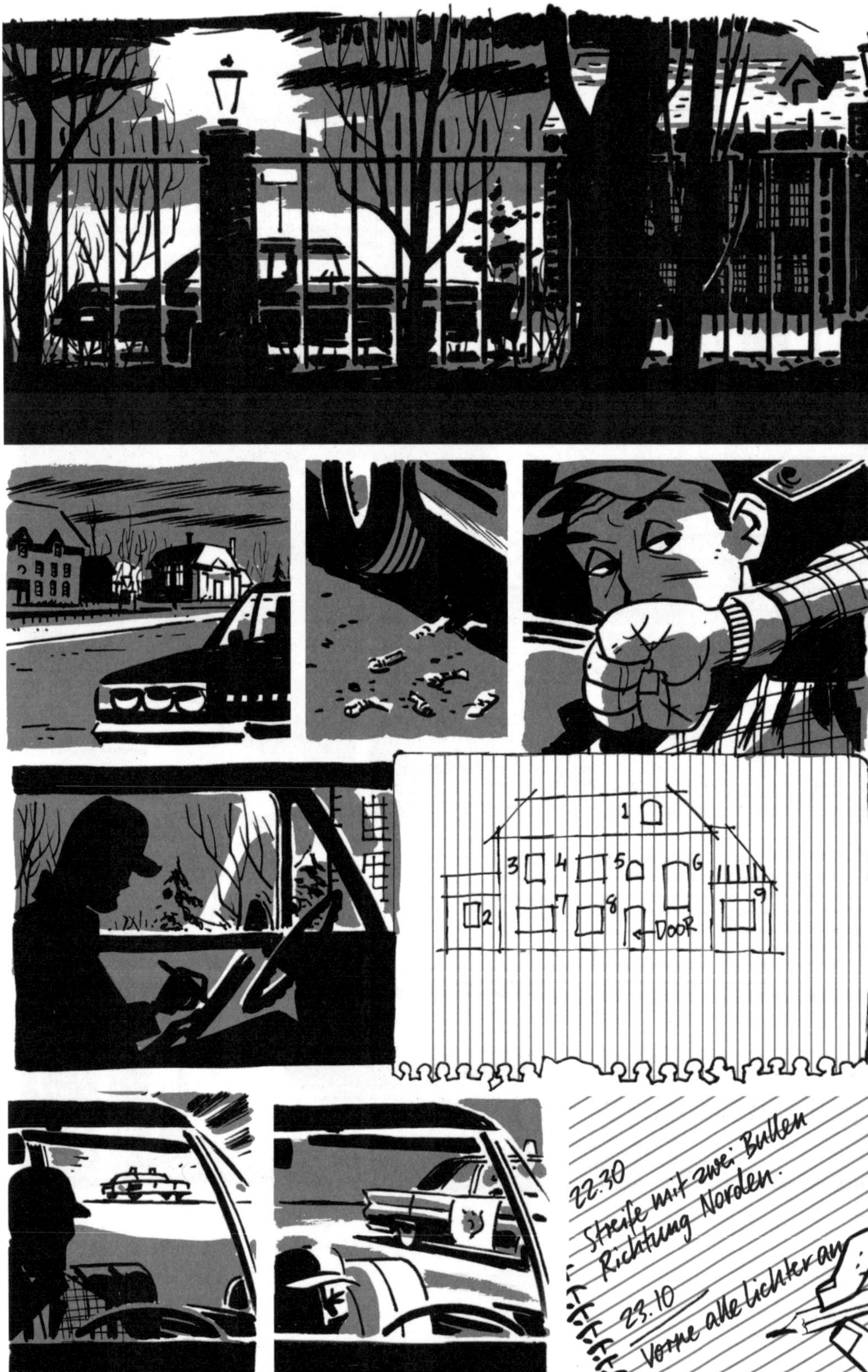
1
3
4
5
G
2
7
8
9
DOOR
22.30
Streife mit zwei Bullen
Richtung Norden.
23.10
Vorne alle Lichter an

23.45
Nachttischlampe
von Mrs. Brouson?
00.40 Wieder Bullen, sieht nach
90-Minuten-Schleife aus

Door
1
2
Doppelgarage
Wohnung darüber – Fahrer?
nachprüfen!
2.15 kein Licht im
hinteren Haus

2.15
hinteren Haus
2.30
Bronson und Wächter
spielen Monopoly

3.47 Bronson zu Bett
bringen ihn nicht mal
hoch. Spielen das
verdammte Spiel weite
UNGLAUBLICH!
3.47 Bronson zu Bett –
bringen ihn nicht mal
hoch. Spielen das
verdammte Spiel wei
UNGLAUBLICH!
5.00
Wächter endlich
oben im Bett

WIE SIEHT'S AUS?
DEN GANZEN ABEND SPIELEN SIE MONOPOLY.
KEINER PATROULLIERT DRAUSSEN. KEINE WACHE AM EINGANG. NUR MONOPOLY. DIE GANZE NACHT.
GOTT. DIE MACHEN'S UNS LEICHT.
WIR ERLEDIGEN IHN AM DONNERSTAG. DAS SYNDIKAT SOLL BIS DAHIN NOCH EIN PAAR MAL ANGEGRIFFEN WERDEN.
DAS AUTO STEHT UM DIE ECKE. DIE SCHLÜSSEL SIND AUF DEM RECHTEN REIFEN, FAHRERSEITE.
ALLES KLAR.
BIS HEUTE ABEND.

Handy beobachtete Bronsons Haus, was sich als sehr eintönig erwies. Bronsons Routine veränderte sich nicht und er bekam kaum Besuch.
Parker hatte warten wollen, um zu gewährleisten, dass das Syndikat noch ein paar Mal überfallen wurde, bevor er Bronson tötete. Doch er war seltsam angespannt und ungeduldig. Dieses Gefühl gefiel ihm nicht, er hatte es nicht erwartet.
Immer wenn er einen Coup durchzog, wenn alles geplant und bereit war, er nur noch auf die Uhr schauen und auf das „Los" warten musste, war er ganz bei sich und vergaß die Zeit; nicht ungeduldig, angespannt oder irgendwie gelangweilt. Während dieser Momente fühlte er sich besonders lebendig und ruhig. Außer dieses Mal.
OTEL
PEPSI

Weil es diesmal nicht um Geld ging. Er jagte einen Mann.
Er ertappte sich dabei, wie er an Bett Harrow dachte. Samstagabend würde er mit ihr schlafen. Bevor sie ein Wort wechseln könnten, oder etwas anderes passierte. Es gleich tun, weil später vielleicht Bitterkeit aufkäme. Er wollte die Sache nicht ruinieren.
24
OFFICE

Psssst

HA!
MIST.
ZUFALLS-KARTE
ZAHLE 15 $ ARMEN-STEUER
LOS, ICH BRAUCH 'NE SECHS.

DAS WAR'S.
ICH BIN ERLEDIGT.
NEHMT ALLES.
DING DONG
WENN ICH SCHON IM ARMENHAUS BIN, KANN ICH AUCH DEN PFÖRTNER SPIELEN.
HA!
LOS, ZAHL.

QUILL –
DAS KAKADU IST SCHNEE VON GESTERN, QUILL.
SIR, GENAU GENOMMEN ...
... WAREN ES ZWÖLF ÜBERFÄLLE IN DEN LETZTEN ZEHN TAGEN.
DIESER HURENSOHN PARKER!

DER TYP BEI BRONSON IST 'NE ART BUCHHALTER. SAGT, SIE SEIEN ZWÖLF MAL ÜBERFALLEN WORDEN.
ZWÖLF! DAS MUSS WEH TUN.
JETZT WIRD KARNS GERNE VERHANDELN.
WIE IST DEIN PLAN?
WIR WARTEN, BIS SEIN GAST WEG IST. ICH ERLEDIGE IHN UNAUFFÄLLIG, UND WIR VERSCHWINDEN.
ZWÖLF MAL.
HA.
IN ORDNUNG, QUILL. GUTE NACHT.

WIR SEHEN UNS MORGEN FRÜH, MR. BRONSON.
OKAY.
SICHERE DIE TREPPE. ES WIRD SCHNELL GEHEN.
EERR
RRRREEEEEEEEEEEE

DU BIST ALSO PARKER.
DAS IST RICHTIG.
CLICK
SIE KOMMEN WIEDER HOCH.

WARUM? WAS WOLLEN DIE?
QUILL BLEIBT ÜBER NACHT.
IHR HATTET EUCH DOCH VERABSCHIEDET.
HALTE JETZT EINFACH DEN MUND.
WOHL KAUM. ICH HAB MICH SCHON GEFRAGT, OB DIE JUNGS DA UNTEN ETWAS TAUGEN.
HILFE!
BAM
VERDAMMT.
SKAAAAASH

PENG
BUFF
DIE FRAU! KÜMMRE DICH UM SIE UND DIE TELEFONE!
SPAK

KRAK
CHAK
PAM
BAM
PENG
PENG
PENG
PENG
KLICK
KLICK

ERLEDIGT.
BESCHÄFTIGE SIE VON HIER AUS.
ICH GEH RAUS UND GREIF DURCHS FENSTER AN.
PENG

UFF.
BUFF

WHAP
PENG
PENG

BITTE ... ICH BIN UNBEWAFFNET.
HANDY!
ALLES KLAR HIER!
DU BIST QUILL, STIMMT'S? ICH WILL, DASS DU KARNS WAS AUSRICHTEST.
AUSRICHTEN? SIE BRINGEN MICH NICHT UM?
SEHR GERN.
SAG KARNS, ICH WERDE MEINE FREUNDE JETZT WISSEN LASSEN, DASS SIE DAS SYNDIKAT VERGESSEN SOLLEN. ES WIRD SCHWIERIGER SEIN, DIE SACHE ZU STOPPEN ALS SIE LOSZUTRETEN. IST ALLERDINGS BRONSONS SCHULD, DASS ICH DAMIT ANGEFANGEN HABE. SAGEN SIE KARNS, ICH BEENDE DIE SACHE SO SCHNELL WIE MÖGLICH.
SAG ICH IHM.
NOCH EINE SACHE ...
SAGEN SIE IHM, FALLS ICH ...
LANGSAM BITTE.
LASSEN SIE MICH WAS ZU SCHREIBEN HOLEN. ES WIRD KOMPLIZIERT.

IN ORDNUNG. SAGEN SIE MIR EINFACH... H-HE! WAS?
SIE HABEN RECHT.
ZU KOMPLIZIERT. ICH SAG'S KARNS SELBST.
PENG
ICH KOMME REIN.
DAS SIND ALLE. EINER LIEGT DRAUSSEN.
ICH HAB BRONSONS SAFE GEFUNDEN.
DAS IST DER JACKPOT, PARKER. DA LIEGEN GUT ACHTUNDDREISSIG RIESEN.

LAKE TAHOE ZWEI TAGE SPÄTER
RING
Frank Sinatra's
CalNeva
LODGE
CalNeva
RING
RING

RING
ZUM TEUFEL, PETE, ICH HOFFE, DU HAST GUTE NACHRICHTEN.
HIER SPRICHT NICHT PETE.
SPRICHT DORT MR. PARKER? GLÜCKWUNSCH, SIR.
JA. ICH WILL NUR WISSEN, OB SIE DAS GESCHENK BEKOMMEN HABEN, DAS ICH DAGELASSEN HABE.
SIE WAREN HIER? QUATSCH.
AUF DEM TISCH. DIE TASCHE.
SIE HURENSOHN! WIE ZUM TEUFEL HABEN SIE DAS ANGESTELLT? SIE KOMMEN IN MEIN HAUS –
BERUHIGEN SIE SICH, KARNS. HÖREN SIE.

GENAU DAS MÜSSEN SIE SICH FRAGEN.
WIE HAB ICH'S GEMACHT? WIE BIN ICH AM TOR VORBEIGEKOMMEN?
AN DEN BEWAFFNETEN MÄNNERN ..
WIE HAB ICH DIE ALARMANLAGE AUSGETRICKST?
DIE TASCHE ... WAS IST DRIN?
DREIEINHALB RIESEN. ZEHN PROZENT VON DEM, WAS WIR BEI BRONSON GEHOLT HABEN. DER INFORMANT KRIEGT IMMER ZEHN PROZENT.
VERDAMMTER HURENSOHN.
VERGESSEN SIE NICHT UNSEREN DEAL, KARNS.
ZWINGEN SIE MICH NICHT ZURÜCKZUKOMMEN.
CLICK
Es war vorbei. Zeit, zu Bett nach Miami zu fahren.
Doch er lebte im Hier und Jetzt. Gegenüber lockte ein Casino, und die Lust auf eine Frau übte einen animalischen Sog auf ihn aus.
Er ging Richtung Lounge.

Ach, zur Hölle, dachte Parker. Hier würde ihn ohnehin niemand erkennen.
Frank Sinatra's
CalNeva
Lodge
HONE
GUEST
ARKING
CalNeva
ENDE